CW01509781

UNIVERSALE
ECONOMICA
FELTRINELLI / CLASSICI

Czesław Miłosz (1911-2004), poeta lituano di lingua polacca, ha vinto il premio Nobel per la letteratura nel 1980. Durante l'occupazione nazista in Polonia frequentò le lezioni clandestine tenute dal filosofo Tatarkiewicz. Dopo la guerra lavora come attaché culturale del governo polacco a Washington e in Francia, dove poi richiederà asilo politico nel 1951. In seguito si trasferisce negli Usa, a Berkeley, dove si dedica all'insegnamento della letteratura polacca. Tra le sue opere tradotte in italiano ricordiamo: *La mente prigioniera* (Adelphi, 1981), *Poesie* (Adelphi, 1983), *Czesław Miłosz racconta Czesław Miłosz* (CSEO, 1983), *La mia Europa* (Adelphi, 1985), *La terra di Ulro* (Adelphi, 2000), *Il cagnolino sul bordo della strada* (Adelphi, 2002), *Abbecedario* (Adelphi, 2010), *Trattato poetico* (Adelphi, 2012), *La testimonianza della poesia* (Adelphi, 2013).

Angelo Tonelli (Lerici, 1954), poeta, autore e regista teatrale, tra i massimi grecisti viventi, ha studiato filosofia antica a Pisa con Giorgio Colli. Ha pubblicato tra l'altro le opere di poesia *Canti del Tempo* (Crocetti, 1988), *Frammenti del perpetuo poema* (Campanotto, 1998), *Poemi dal Golfo degli Dei/Poems from the Gulf of the Gods* (Agorà, 2003), *Canti di apocalisse e d'estasi* (Campanotto, 2008) e i saggi *Sulle tracce della Sapienza* (Moretti & Vitali, 2009) e *Sperare l'insperabile: per una democrazia sapienziale* (Armando, 2010). Ha curato le edizioni di *Oracoli caldaici* (Coliseum, 1993; Rizzoli, 1995), Properzio, *Il libro di Cinzia* (Marsilio, 1993), *Seneca* (Mondadori, 1998), *Zosimo di Panopoli* (Coliseum, 1988; Rizzoli, 2004), Empedocle, *Origini e Purificazioni* (Bompiani, 2002), *Eschilo, Sofocle, Euripide, Tutte le tragedie* (Bompiani, 2011; testo greco a fronte). Oltre a *La Terra desolata. Quattro quartetti* di T.S. Eliot, per i "Classici" Feltrinelli ha tradotto e curato *Dell'Origine* (1993) di Eraclito, e il primo volume di *Le parole dei Sapienti* (2010), dedicato a Senofane, Parmenide, Zenone, Melisso.

THOMAS S. ELIOT
La terra desolata
Quattro quartetti

Introduzione di Czesław Miłosz
A cura di Angelo Tonelli

Testo originale a fronte

Titolo dell'opera originale
THE WASTE LAND
FOUR QUARTETS

Traduzione dall'inglese di
ANGELO TONELLI

© Giangiacomo Feltrinelli Editore Milano
Prima edizione nell'"Universale Economica" – I CLASSICI
marzo 1995
Dodicesima edizione giugno 2014

Stampa Nuovo Istituto Italiano d'Arti Grafiche - BG

ISBN 978-88-07-90116-4

L'introduzione di Czesław Miłosz, *Myśli o Eliocie* (1965), si trova nel volume: Cz. Miłosz, *Prymatne obowiaski*, Wydawnictwo Literackie, Parigi 1972. La traduzione dal polacco è di Vera Verdiani. Si ringrazia l'autore per l'autorizzazione a pubblicarla.

Una prima versione de *La terra desolata*, a cura di Angelo Tonelli, è già stata pubblicata da Crocetti Editore nel 1992.

www.feltrinellieditore.it
Libri in uscita, interviste, reading,
commenti e percorsi di lettura.
Aggiornamenti quotidiani

razzismobruttastoria.net

Pensieri su T.S. Eliot
di Czesław Miłosz

1. T.S. Eliot appare sulla scena letteraria negli anni appena precedenti la prima guerra mondiale, vale a dire quando il divorzio tra pubblico e poesia si è già verificato. Il modello del *bohémien* dedito a occupazioni incomprensibili per la gente normale era di rigore tra i poeti che, di qualunque nazionalità fossero, eleggevano a propri patroni i simbolisti francesi. Ribassare la posta e motivare le loro aspirazioni con il perseguimento di "una nuova estetica" sarebbe sterile impresa. Si trattava in realtà di rispondere alla domanda su che cosa dovesse fare l'uomo in un universo "de-valorizzato" da una visione scientifica e positivistica; dilemmi espressi con sufficiente chiarezza da Nietzsche. Per i poeti più anziani di Eliot (n. 1888) come W.B. Yeats (n. 1865), Rilke (n. 1875) o, in Polonia, Leśmian[1] (n. 1878), il problema centrale era l'arte in quanto atto generatore di valore o, il che è lo stesso, generatore di Dio e quindi sostituto della religione. Il rapporto di Eliot verso tale concetto di poesia (il barone di Münchausen che estrae fuori se stesso tirandosi per i capelli) definisce l'intera sua opera.

2. Tra i rappresentanti della cosiddetta modernità Eliot prediligeva Baudelaire, trascurandone invece gli eredi francesi a eccezione di Jules Laforgue: scelta già di per sé programmatica. Baudelaire si configurava come il poeta del peccato originale e, quindi, poeta cristiano. L'ironico Laforgue respingeva l'arte della parola fine a se stessa, autosufficiente, di cui si faceva invece ascetico sacerdote l'ateo Mallarmé. Le poesie di Laforgue sono il

[1] Bolesław Leśmian (1878-1937), poeta simbolista polacco.

personalissimo lamento di un uomo che rifiuta di vivere secondo il *concetto di spazio* derivante dalla visione scientifica del mondo; da qui le immagini, continuamente ricorrenti nella sua opera, di pianeti danzanti una folle ridda in un vuoto sconfinato, senza inizio né fine temporali; con, in più, la sensazione dell'assurdità della società umana, vista come una fantasmagoria sfiorata dall'osservatore solitario. Una disperazione metafisica espressa meglio, appunto, dalle poesie-canzoni in *argot* di Laforgue, che non dai singhiozzi di tanti altri, quali un Przybyszewski[2] o un Kasprowicz.[3]

Sia Baudelaire che Laforgue confortavano Eliot e il suo amico Hulme nel loro culto per Dante quale poeta della perduta civiltà organica, quando la gente aveva accesso all'"acqua di vita". Il punto stava dunque in una meditazione sulle varie fasi della civiltà, con un senso di nostalgia verso il passato. Ma, come accade in Europa dall'inizio del Romanticismo in poi, la nostalgia del passato si trovava strettamente intrecciata alla nostalgia del futuro: se la civiltà industriale e scientifica aveva privato l'uomo del suo innato, relativo equilibrio, significava che l'*optimum* esisteva e che poteva anche venir riconquistato (un'idealizzazione dei legami organici perduti si ritrova anche alle fonti del socialismo utopico, nei trattati sul comunismo primitivo). Sia Eliot che i suoi amici erano ovviamente ben lontani dalle futuristiche fantasie di H.G. Wells, destinate a venir negate dal totale pessimismo del suo ultimo libro. Tema di *La terra desolata* era la *cité infernale*, descritta prima da William Blake, poi da Baudelaire; città diabolica dove, con il passare del tempo, l'uomo si trovava sempre peggio. *La terra desolata* potrebbe illustrare le tesi di Oswald Spengler su quel particolare momento dello sviluppo di una civiltà in cui le forze vitali della civiltà stessa si esauriscono. L'incapacità dell'immaginazione di concepire lo spazio in forma religiosa ha, secondo Eliot, il suo equivalente nello sfacelo, nel caos e nei temi e rapporti percepiti tra gli uomini, espressi d'altronde dalla costruzione stessa del poema: una costruzio-

___

[2] Stanisław Przybyszewski (1868-1927), drammaturgo simbolista polacco, teorico dell'autonomia dell'arte.
[3] Jan Kasprowicz (1860-1926), poeta naturalista polacco, legato al mondo e ai valori contadini.

ne fatta di rovine, frantumi e frammenti. Dico questo per ricordare che Eliot non aderì ai fautori dell'arte per l'arte e che, contrariamente a Yeats, non veleggiava affatto verso una Bisanzio della forma perfetta e congelata. Eliot aspirava a essere un poeta-interpretatore, talvolta anche un poeta satirico cristiano.

3. Caratteristica della sua poesia fu almeno una fondamentale contraddizione interna. Eliot era "intellettuale", e cioè trasmetteva certi significati che non cessavano di essere tali nemmeno a esaminarli altrimenti che come componenti di un dato insieme artistico. Al tempo stesso, però, elaborava la sua arte ricorrendo alla poetica simbolista. Tale poetica, fin dai suoi primi inventori gravitanti nell'orbita del Romanticismo, esigeva sempre maggior "purezza", ossia tracciava una demarcazione sempre più netta tra poesia e linguaggio comune; cosicché il suo conseguimento finale era un "meta-linguaggio" (*zaumnyj jazyk*). Una poetica del genere rendeva impossibili molte specie di descrizioni e di discorsi, per cui le dimensioni dell'opera poetica si rattrappivano sempre più, finché non una strofa, ma un solo verso era teatro di deflagrazioni e balenii. Eliot stesso, sia con la pratica che con l'attività teorica, impose ai poeti inglesi e americani alcuni principi che, soprattutto in America, suscitarono notevoli opposizioni. Il principio fondamentale sosteneva che il poeta comunica con il lettore non "direttamente", bensì creando degli *objective correlatives*: il poeta, cioè, invece di raccontare ciò che sente e pensa, mostra oggetti o insiemi di oggetti associati a determinate esperienze.

È facile capire come una simile poetica, applicata a comunicare stati d'animo, sentimenti e concetti indefinibili, ponesse grosse difficoltà a un poeta dedito alla meditazione e simile forse, per temperamento, a un ecclesiastico anglicano del diciassettesimo secolo. La fortissima resistenza, da lui costantemente, tenacemente e sempre daccapo debellata, spiega l'esiguità (lavori teatrali a parte) della sua opera. La contraddizione e la fatica per superarla sono un altro segreto della densità e dell'energia di ogni verso di Eliot che, da questo punto di vista, non ha rivali nella lingua inglese. Sta al lettore indovinare se un dato verso sia tutto quel che il poeta ha da dargli o se si tratti solo di una piccola parte di una carica nascosta, di una "percentuale di verità". Ciò rappresenta una fonte di dispiacere per i critici che, di solito, aspirano a catalogare un poeta come testimonianza di qualcosa nella storia della cultura e che, in questo senso, si pongono sempre la domanda: "Che cosa significa?". La miriade di note che costellano non solo le singole opere di Eliot, ma anche ogni suo singolo verso, e la comica disperazione dei critici incapaci di trovare un'interpretazione unitaria di ciò che "il poeta ha voluto esprimere" indicano che abbiamo a che fare con un genere di scrittore da valutare con tutt'altri metri di giudizio. Eliot doveva la densità e la severità della sua forma alla contraddizione, ma la poetica prescelta lo rendeva poeta "oscuro" e certi passi, ad esempio dei *Quattro Quartetti*, non si decifrano senza ricorrere all'aiuto, peraltro assai dubbio, dei suoi commentatori.

4. Qualunque fosse la sua vocazione strettamente personale, Eliot apparteneva alla propria epoca e i temi da lui prescelti apparivano contemporaneamente anche in altri paesi, indipendentemente dai prestiti letterari. Eliot aveva creato un suo paesaggio: grigiore, assurdità, inutilità, fogne maleodoranti, bottiglie rotte, condutture intasate, strade londinesi con passanti che sembrano più ombre di morti che vivi. Durante la seconda guerra mondiale, leggendo per la prima volta le sue poesie, constatai con stupore di aver già incontrato in altri testi quella certa aura, che definirei l'aura della solitudine dell'uomo di fronte alle cose. Un poeta francese giunto alla notorietà solo dopo la morte, Oscar Miłosz,[4] aveva impregnato di una simile aura le sue *Symphonies*, scritte tra il 1913 e il 1920, vale a dire negli stessi anni in cui maturavano i poemi di Eliot. La Parigi dei solitari creata da Miłosz non è certo allegra: "il deserto dei binari"; muri scrostati; pioggia che all'alba scorre su brandelli di carta da parati in ruderi mezzo distrutti; la tosse di un vecchio spazzino fuori, nella strada; piccole piazze con l'erba "fredda e

---

[4] Oscar Vladislas de Lubicz Miłosz (1877-1939), poeta e drammaturgo simbolista lituano di lingua francese. Dal 1889 visse a Parigi. Parente di Czesław Miłosz. In Italiano: *Teatro* (Jaca Book 1977); *L'Amorosa Iniziazione* (CSEO 1979).

sporca, insonne come una *idée fixe*"; ruggine; muffa. Sarà utile notare che immagini del genere ricorrono soprattutto nei poeti dalla tendenza metafisica: poeti "insaziati" come Eliot e Miłosz, tanto per dirne due, ma si potrebbero citare anche altri esempi.

I temi scoperti dalla poesia anticipano di varie decine d'anni il corteo trionfale di temi della stessa specie che spuntano come funghi in altri settori letterari e artistici. Non si tratterà forse di una regola valida sempre e ovunque, ma certo il ventesimo secolo sembra confermarla. *Aspettando Godot* di Beckett è senza dubbio già contenuto nel poema *Gli uomini vuoti* di Eliot e il cosiddetto teatro dell'assurdo, affascinato dal problema dell'alienazione, non può minimamente sorprendere i conoscitori di forme più ermetiche, visto che esso non fa che ripetere il miscuglio di grottesco e di macabro inventato dai poeti: *La terra desolata* di Eliot è già una tragedia grottesca. Possiamo elencare senza difficoltà le tappe successive della diffusione e della volgarizzazione dei temi: nascono in poesia, da lì migrano nella prosa, poi nel teatro e infine nel cinema. Certe scene dei film di Fellini e di Antonioni sembrano la traduzione di una poesia, spesso di una poesia di Eliot: basti citare la stanza dell'intellettuale ne *La Dolce Vita* di Fellini, che sembra tratta dal *Canto d'amore di J. Alfred Prufrock* (*In the room the women come and go / Talking of Michelangelo*); e poco importa che autore o regista abbiano preso in prestito il tema direttamente o indirettamente. In tal modo anche le persone più digiune di poesia finiscono per riceverla, in forma facilitata, dal teatro o dal cinema. Si può dunque affermare che, per pochi che siano i veri conoscitori della poesia di Eliot, a poco a poco si è finito per conoscerlo indirettamente, come un nuovo classico che ormai non occorre neanche più leggere.

5. Prima della seconda guerra mondiale i poeti polacchi non conoscevano Eliot, anche se tra lui e i "catastrofisti"[5] esistevano non poche affinità. Eliot, famoso diretto-

---

[5] "Catastrofisti": appellativo dato, negli anni trenta, a quei poeti che manifestavano una visione apocalittica del mondo. I principali esponenti si trovavano a Vilna, attorno alla rivista "Żagary", della quale faceva parte anche Czesław Miłosz, e a Lublino.

re di "The Criterion" che scombussolava allegramente tutte le gerarchie costituite, negli ambienti letterari polacchi non era che un nome udito di sfuggita: segno evidente che della poesia inglese e americana si sapeva ben poco. Il primo a scrivere su Eliot fu non un poeta, bensì un professore: Wacław Borowy, e la sua dissertazione invogliò il sottoscritto a leggere Eliot in originale molto più dei consigli dell'amico Józef Czechowicz.[6] Lo "zar dell'enciclopedia" rappresentava una vera eccezione tra i poeti perché, oltre che interessarsi a Eliot, ne aveva anche tradotto tre poesie (*Il viaggio dei re magi*, Marcia trionfale e *Canto per Simeone*). Czechowicz parlava spesso al "fratello terribile" anche della rivista "The Criterion"; ma tutto questo avveniva poco prima dello scoppio della guerra. Più delle date (in Polonia si cominciava allora a studiare l'inglese) conta soprattutto la persona di Czechowicz come rappresentante di una certa tecnica poetica, diversa sia dalla tecnica di Skamander[7] che da quella della Prima Avanguardia.[8] La presa di coscienza di tale diversità portò a un rimescolamento di gruppi: Czechowicz e Ludwik Fryde[9] fondarono la rivista "Pióro",[10] che raccolse anche i naufraghi di "Żagary".[11] I numeri di "Pióro" sono una rarità, essendo andati quasi tutti bruciati nel 1939.

Le cosiddette tendenze letterarie indicano che *l'attenzione* si volge verso sempre nuove direzioni. Sia Skamander che l'Avanguardia cracoviana derivavano dalla poetica dei simbolisti, spostando però l'accento su altri suoi

[6] Józef Czechowicz (1903-1939), poeta polacco, principale esponente dei "catastrofisti" di Lublino. Nel 1934 si trasferì a Varsavia dove diresse i programmi culturali della Radio Polacca.

[7] "Skamander": mensile polacco di poesia che uscì a Varsavia, negli anni 1920-1928 e 1935-1939. I poeti che dettero vita al gruppo poetico omonimo furono tra i più importanti di questo secolo: Julian Tuwim (1894-1953), Jarosław Iwaszkiewicz (1894-1979), Jan Lechoń (1899-1956), Antoni Słonimski (1895-1976), Kazymierz Wierzyński (1894-1969).

[8] "Prima Avanguardia": viene chiamata così l'Avanguardia artistica degli anni 1919-1927, che operava soprattutto a Cracovia e legata alla rivista "Zwrotnica".

[9] Ludwik Fryde (1912-1942), critico letterario polacco influenzato dalle idee di Maritain, fondò la rivista "Pióro" assieme a Czechowicz.

[10] "Pióro" (Penna): rivista letteraria di Varsavia fondata nel 1938 e diretta da Czechowicz in opposizione a "Skamander".

[11] "Żagary" (Frasche bruciacchiate): rivista di poesia che uscì a Vilna nel periodo 1933-1934, pubblicando le poesie dei "catastrofisti": Czesław Miłosz, Teodor Bujnicki, Jerzy Zagórski, Aleksander Rymkiewicz.

elementi. L'attenzione degli skamandriti andava alla poesia come canto, come incantamento, da cui una certa faciloneria nell'accoppiare parola-suono. Quando, ad esempio, Tuwim[12] cercava di conferire più rigore a tali corrispondenze, ricorreva a modelli classici. Poeti russi come Mandel'štam o Pasternak badavano più di Skamander alla densità metaforica all'interno del verso. In Polonia ciò fu compito dei teorici cracoviani che, però, respingevano quasi totalmente l'incantamento, differenziandosi così dai russi; del resto loro i russi li snobbavano, e neanche li leggevano. Il loro programma e la loro pratica li costringevano a focalizzare l'attenzione su ciò che avviene tra le parole e quindi addestravano alla precisione (la faciloneria era stata una malattia della Giovane Polonia,[13] poi superata da Leśmian e, fino a un certo punto, anche da Skamander, cosicché le trovate dell'avanguardia significavano un'ulteriore sviluppo della medesima tendenza). Tuttavia, accusando Skamander di oscurità di pensiero e di passività verso i dettami dell'ispirazione, l'avanguardia cracoviana non si rendeva conto di quanto la sua visione del mondo fosse povera e addirittura primitiva, e che le sue poesie finivano per restringere il campo della poesia stessa.

L'influsso di Czechowicz e dei "catastrofisti", già visibile alla vigilia della seconda guerra mondiale, va attribuito alla loro tecnica "addensante", usata però per cimentarsi con le complicazioni relative alla visione del mondo. Non che per questo si debbano porre le poesie di Czechowicz sotto il segno della filosofia; tuttavia il suo presentimento della distruzione incombente, della propria morte nell'ambito di tale distruzione, la sua esplorazione dei sogni e le sue personali relazioni con le cerchie dei giovani filosofi (l'ambiente di Bolesław Miciński)[14] provano l'esistenza di un certo parallelismo tra T.S. Eliot e la "lotta per il contenuto", che andava prendendo sempre più forza in Polonia

[12] Julian Tuwim (1894-1953), poeta polacco, provocatorio e amante dei toni grotteschi.
[13] "Giovane Polonia" (Młoda Polska): definizione che viene data a quella tendenza estetico-artistica che dominò in Polonia, all'incirca, tra il 1891 e il 1918, influenzata soprattutto dalla filosofia di Nietzsche e dalle varie correnti del Decadentismo europeo.
[14] Bolesław Miciński (1911-1943) filosofo polacco, autore di saggi di grande valore letterario.

alla fine degli anni trenta. La stessa contraddizione insita in Eliot obbligava a scrivere poesie cifrate, che solo con il passare del tempo svelavano i vari strati dei significati, mentre a un primo approccio conquistavano con il solo impatto sentimentale della loro intonazione scura.

L'azienda poetica degli skamandriti non confinava con l'azienda di Eliot e non ci sono prove che quanti di loro vissero lungamente in Inghilterra o in America visitassero i suoi domini, nonostante la diversità di lingua non rappresentasse più un ostacolo. È che, probabilmente, la costruttivista e razionalista avanguardia non aveva nulla in comune con mostri che, con la loro sola esistenza, offendevano il suo buon senso progressista. Non è quindi un caso che il primo traduttore di Eliot sia stato Czechowicz, e il secondo il suo amico di "Żagary".

C'era, però, nella Polonia degli anni 1918-1939, uno scrittore che, perlomeno per la sua concezione storiografica, ricordava vagamente Eliot. S.I. Witkiewicz,[15] coetaneo di Eliot, negli anni precedenti la prima guerra mondiale doveva avere attinto ai medesimi ingredienti, visto che anche lui considerava la civiltà come una perdita progressiva (di religione, di filosofia e di arte). Benché il suo ragionamento seguisse altre vie, sia lui che Eliot avevano in comune il tema centrale dell'"insaziabilità", nonché l'aspetto grottesco dei personaggi rappresentati: pupazzi di segatura, fastelli di paglia ondeggianti al vento. Non a caso il teatro witkiewiciano della Forma Pura rappresenta, come spettacolo, il passaggio dal teatro di Wyspiański[16] alle moderne moralità che hanno per protagonista un *everyman* ormai senza cielo né inferno e condannato al Limbo ossia, come insegna il catechismo, all'Abisso. Possiamo dunque dire che in Polonia le componenti della poesia di Eliot erano suddivise tra vari autori quali S.I. Witkiewicz in testa, seguito da Józef Czecho-

---

[15] Stanisław Ignacy Witkiewicz (1885-1939), detto Witkacy, drammaturgo, narratore, pittore, filosofo, fotografo polacco. Genio multiforme, fu il maggiore rappresentante dell'avanguardia polacca. In italiano: *Insaziabilità* (Garzanti 1973), *Addio all'autunno* (Mondadori 1993), *Teatro* (2 voll., Bulzoni 1979).

[16] Stanisław Wyspiański (1869-1907), drammaturgo e pittore di Cracovia. Autore, tra l'altro, del dramma "nazionale" *Wesele* (Le nozze, 1901).

wicz, K.I. Gałczyński[17] (nel *Ballo da Salamone*) e dai "catastrofisti".

Molta acqua doveva passare sotto i ponti della letteratura polacca prima che Eliot venisse più o meno largamente conosciuto. Per buona parte del ventennio 1945-65 il suo nome equivaleva a un avviso di pericolo all'ingresso di zone minate, zone assai vaste perché comprensive di tutto ciò che era riflessione antropologica. Oggi la poesia polacca, per il suo genere di sensibilità e le corrispondenti trasformazioni formali, è più preparata a studiare tali terreni; sarebbe comunque arduo stabilire di che cosa sia direttamente debitrice all'autore dei *Quattro Quartetti*.

6. L'influsso di Eliot su poeti e critici americani fu talmente grande da esercitare per vari decenni una specie di dittatura, anche se la piccola stanza zeppa di libri della casa editrice Faber and Faber di Russell Square a Londra non somigliava affatto alla sede di un autocrate. Come al solito, la cosa non avvenne senza mormorii di protesta che gradualmente, a partire dal 1950, crebbero sempre più trasformandosi in aperta ribellione. Indubbiamente l'influsso di Eliot era paralizzante. Le tradizioni nazionali della poesia americana sono quelle che previde de Tocqueville nella sua analisi della democrazia americana; un'acutezza, la sua, davvero ammirevole, capace di preannunciare e caratterizzare in anticipo Walt Whitman, prima ancora che Whitman cominciasse a scrivere: e cioè una poesia, diciamo così, espressionista, verbosa, ricca di impeto e refrattaria al lavoro di cesello. Continuatore di Whitman fu Sandburg, ma non lui solo. La diffidenza verso la poetica dei simbolisti proveniente dall'Europa (che del resto aveva un suo precursore in Edgard Allan Poe) era del tutto programmatica in poeti desiderosi solo di chiacchierare di ciò che li affliggeva o li allietava e non di costruire opere perfette, compatte, equilibrate come oggetti ideali. La pressione del contenuto, del tema era semplicemente troppo forte: non più la conquista del continente, come in Whitman, ma l'ossessione della contami-

[17] Konstanty Ildefons Gałczyński (1905-1953), poeta polacco che si conformò al modello dell'"artista-zingaro" sposando i toni grotteschi e surreali.

nazione, la paura di privare l'uomo della natura e la natura dell'uomo sottende il naturalismo filosofico (l'"inumanismo") di Robinson Jeffers o le redazioni di William Carlos Williams che stende la cronaca della città industriale di Paterson. Se da un lato non conviene semplificare eccessivamente la penetrazione assai complessa degli influssi di Eliot, dall'altro non bisogna neanche attribuirgli un ruolo laddove agirono fattori d'altro genere; comunque fu soprattutto lui stesso a provocare una revisione fondamentale. Paragonate alle poesie aderenti al principio dell'"*objective correlative*", le opere che parlavano "direttamente" finivano per impallidire, in quanto troppo verbose e per giunta non abbastanza ricche di significato. In poesia cominciava a vigere l'ironia a più strati, la fluidità dei significati sgorganti dalle contrapposizioni verbali. Ma dietro alla poetica di Eliot c'era una forte personalità che si autoimponeva il mutismo e la comprensione a cenni, c'era un credente. Scritta da scettici e da epicurei, e quindi priva della tensione derivante dalla contraddizione, riconosciuta ormai come attività in sé, la poesia americana si ammalò: la sovrabbondanza culturale e la paura delle affermazioni semplici di solito risultano fatali alla poesia. Il campo delle allusioni culturali lecite era vastissimo. Come gli eleganti *suburbia* (non tanto nel senso di sobborgo, quanto di *sub-città*) raccolgono opere d'arte d'ogni epoca e paese, così nella poesia americana si insediarono concetti e immagini tratti da album in carta patinata, dai libri di Freud e di Jung, dalla storia delle religioni. Che farci? "Panta rei" diceva Gałczyński, "ma qui non succede un bel nulla." Questo mantenere la voce correttamente impostata quando invece si vorrebbe urlare o gracchiare, ma non sta bene, suggerisce un paragone con la poesia polacca alla fine degli anni trenta e spiega come mai i primi scopritori polacchi di Eliot, addestrati dalla guerra a rifuggire da un'autocensura tanto sottile, fossero sospettosi e non avessero voglia di lasciarsi incantare.

Le urla isteriche dei poeti *beat* opposte alla musa beneducata, sono un ritorno, forse un po' semplicistico ma in qualche modo autentico, alla tradizione nazionale. Parrebbero anzi uno dei tanti modi per sottrarsi alla tutela di Eliot attraverso l'esperienza contrapposta all'ordine artistico. Eliot, stimato ma ormai accademico, fu incasellato ancora da vivo in un capitolo della storia della letteratura; gli si rimproverarono l'asciuttezza, la troppa accuratezza, le trovate applicate a freddo, come l'uso di maschere e di monologhi. Anche la sua precisione cominciò ad apparire come un espediente strutturale per nascondere l'incertezza del pensiero. "Eliot è come un coltello, solo che non ci si può tagliare niente" disse una volta uno studente americano. Ma tutti i grandi poeti, dopo un periodo di riconoscimento, finiscono sull'altra sponda del fiume dell'oblio. Per gli scolaretti Wordsworth, Coleridge, Shelley, Eliot stanno sullo stesso ripiano e tutto quel che se ne sa è che scrissero i loro libri molto tempo fa.

7. I giudizi pessimistici sul "mondo uscito dai suoi cardini" trovano talvolta in letteratura un lieto fine. L'uomo del Rinascimento si lamentava del caos che lo circondava e che si annidava fin dentro di lui; ma fu proprio ciò a causare la grandezza di Marlowe e di Shakespeare. Trasportato lontano attraverso il movimento che inizia con il Rinascimento, Eliot guardava a sua volta nostalgicamente a Dante e al suo tempo, quando l'immaginazione religiosa formava il cosmo senza trovare ostacoli da parte del pensiero discorsivo, anzi sostenuta dal sistema di San Tommaso d'Aquino. L'opera di Eliot è un tentativo di dimostrare che l'immaginazione, e quindi la poesia religiosa, possono riconquistare i loro privilegi. Impresa pressoché disperata: costruire qualcosa dall'impossibilità, dalla mancanza, dalle rovine. Ma se in qualche misura egli fosse riuscito nel suo intento, ciò significherebbe che la gente del ventesimo secolo non dovrebbe sentirsi troppo pessimista circa la propria potenza.

(trad. dal polacco di Vera Verdiani)

LA TERRA DESOLATA

Introduzione
di Angelo Tonelli

The Waste Land è poema di morte e rinascita, aridità e ristoro, vastità.

Composto nel 1921, durante il periodo in cui Eliot era in cura a Margate e a Losanna in seguito a una grave crisi psichica, si offre come *epifania del profondo* — che, in un letterato di razza, non poteva darsi se non in maniera anche letteraria — espressione condensata di un'intuizione eccezionalmente ricca della realtà umana, individuale e collettiva, nell'immediato dopoguerra.

Come il Re Pescatore nella leggenda del Graal,[1] così il pensare dello scrivente si muove nell'incerto discrimine

---

[1] Cfr. la nota *extra ordinem* di Eliot, p. 65. Vale la pena di riportare per intero le considerazioni che Praz TD 77-78 dedica al libro della Weston:

"La Weston ha conclusivamente dimostrato che l'origine della leggenda del Graal si ritrova in un Rito di Vegetazione, che va esotericamente interpretato come un simbolo di resurrezione. La figura centrale è quella di un re 'ferito' allo stesso modo di Attis e di Adone (ferita che esplicitamente o simbolicamente s'identifica colla perdita della virilità). Codesta figura, che ricorre con insistenza nelle religioni della razza ariana, è quella di un sovrano divino o semidivino, dio e re a un tempo, dalla cui vita e dalla cui integra virilità dipende direttamente la vita e la fertilità della sua terra e del suo popolo. (Il re è identificato col principio divino della Vita e della Fertilità.) Questo è chiamato Re Pescatore nella leggenda del Graal, essendo il pesce un simbolo di vita fin dalla più remota antichità, e il titolo di Pescatore attribuito a divinità sopraintendenti all'origine e alla conservazione della vita. Gli elementi centrali della leggenda del Graal sono dunque precristiani, appartengono a quei misteri orientali (il culto di Cibele, il mitraismo) che vennero diffusi nell'impero romano pel tramite dei *mercanti di Siria* (cfr. il marinaio fenicio di Eliot), gli schiavi e i soldati. Codesti elementi fecero poi parte integrante di alcune delle eresie cristiane dei primi secoli. Precristiani anche gli oggetti simbolici della leggenda del Graal, la Lancia, la Coppa (ben noti simboli sessuali, il primo dell'ener-

tra *luoghi dell'aridità* – la sterilità interiore della vita borghese e metropolitana (sez. II e III), che coincideva anche con una sterilità biografica di Eliot – e *luoghi dell'acqua che rinnova* – la "morte per acqua", immagine di trasformazione e identificazione con il flusso dell'energia cosmica (sez. IV); la sete (vv. 351-358), che di tale trasfigurazione è desiderio; il tuono, che indica la via dell'amore (*Datta*), della compassione (*Dayadhvam*) e del controllo delle passioni (*Dāmyata*), come possibilità di rigenerazione collettiva e individuale (vv. 400 e sgg.).

Questa tensione alla rinascita anima il poemetto, sospingendolo dall'ironia e dal cerebralismo di buona parte

gia riproduttiva dell'uomo, il secondo della donna). (Quei simboli furono poi contaminati con leggende cristiane, e così la lancia s'identificò con la lancia di Longino.) Quegli oggetti simbolici figurano nei *Tarocchi*, le più antiche carte, che in origine, come certi monumenti egiziani e cinesi fanno supporre, sarebbero servite non a predire il futuro ma la venuta e la scomparsa delle acque apportatrici di fertilità. È probabile che i tarocchi fossero introdotti in Europa dagli Zingari: 'Oggi – dice la Weston (p. 74) – essi son caduti in discredito essendo principalmente usati dagli indovini' (cfr. i versi 43 sgg. del poema di Eliot).

Si riferiscono anche alla fertilità gl'inni e le preghiere del *Rig-Veda*; Indra è invocato come elargitore di pioggia e fecondatore del suolo. La grazia che si chiede a Indra corrisponde al miracolo che si attende dagli eroi della leggenda del Graal, Galvano o Parsifal: che la Terra desolata per la malattia del Re Pescatore torni a essere fertile. Questo parallelo della Weston ha evidentemente suggerito a Eliot la consultazione dei testi sacri indiani (cfr. parte V, CIÒ CHE IL TUONO DISSE). Un rito magico propiziatore di pioggia è pure l'*annegamento* a cui è sottoposto il fantoccio personificante il Re del Maggio (o Spirito della vegetazione) nella cerimonia boema che continua ai nostri giorni gli antichi riti di Vegetazione. (Presso altri popoli il fantoccio è impiccato.) L'avventura della Cappella Perigliosa nella Leggenda del Graal (la cappella è, tra l'altro, circondata di 'tombe' dei cavalieri che non sostennero la prova) adombra una cerimonia di iniziazione nei misteri che certe sette continuavano a praticare sull'esempio dei misteri pagani d'Oriente. Nella sua 'Refutazione di tutte le eresie' (*Philosophumena*) Ippolito, vescovo di Porto, denunciava le dottrine della setta dei Naasseni, secondo i quali Cristo avrebbe comunicato la Gnosi a Giacomo, Giovanni e Pietro dopo la Resurrezione (cfr. il motivo del viaggio a Emmaus nella parte V). Forse questa eresia – ritiene la Weston – fu ripresa dai Templari (i Cavalieri del Graal) quando poterono venire a contatto con propaggini della setta dei Naasseni in Palestina. In questo modo il culto del Graal sarebbe stato una vera e propria continuazione dei misteri pagani connessi con riti di Vegetazione".

delle prime tre sezioni[2] a una crescente intonazione catartica e profetica della parola, che sembra voler celebrare essa stessa, nell'ultimo quarto del testo, una sorta di resurrezione della Sibilla Cumana – condannata a una sterile eternità e oggetto di scherno e pettegolezzo (cfr. lo *sphraghís*, dal *Satyricon* di Petronio)[3] – e di Tiresia, immagine di un Sé impotente e costretto a prevedere e osservare un decadere dell'umano (vv. 218-248).[4] E la parola profetica è parola di purificazione, di Buddha (Eliot valutò seriamente l'ipotesi di convertirsi al Buddhismo),[5] in particolare dal *Sermone del Fuoco*, che dà il titolo alla sezione III;[6] e di Sant'Agostino (cfr. vv. 307; 309-310), campione cristiano nella ricerca di un rapporto autentico e diretto con il divino.[7] Il cortocircuito estatico – seppure di un'estasi molto letteraria – degli ultimi versi, che si inscena come crollo della Torre (cfr. vv. 426, 429, 430) –

[2] I vv. 1-306, secondo Serpieri TD 28.
[3] Ottime considerazioni in Serpieri TD 73, n. 2:
"Nella scena del banchetto, Trimalchione racconta l'incredibile storia della Sibilla Cumana che — presumibilmente per estrema decrepitezza (aveva ottenuto dal suo dio Apollo l'immortalità, ma non l'eterna gioventù) e certamente per la fertile fantasia del narratore — è ridotta a proporzioni minime dentro un'ampolla sospesa, per essere sottoposta allo scherno dei ragazzi del paese. È una delle tante storie, o fole, raccontate da Trimalchione, volgare, ignorante, ma a suo modo geniale nuovo ricco della Roma imperiale. Egli vuole parlare di tutto, di cucina come di mitologia o astronomia o filosofia, accumulando baggianate e assurdità di rabelaisiano risalto. Se racconta fatti eroici e mitici, inevitabilmente li degrada, volgendo l'epico nel comico o nel grottesco. La storia della Sibilla Cumana è, in tal senso, esemplare. Nel sesto libro dell'*Eneide*, Virgilio l'aveva cantata grande profetessa di Apollo ('*sanctissima vates, / Prœscia venturi*'), custode dell'antro che immette all'Averno, interlocutrice e guida di Enea nella discesa agli inferi conclusa dalla rivelazione, per bocca dell'ombra di Anchise, delle future grandezze di Roma. Qui l'antro si riduce a un'ampolla, l'atmosfera di mitica magia e preveggenza a circostanza cialtronesca di fiera paesana, la cruciale domanda sul futuro a un interrogativo minimo che riguarda la persona stessa della Sibilla miseramente miniaturizzata; e infine il vaticinio si elide in un personale desiderio di morte.
L'epigrafe è, dunque, pienamente funzionale al poema: pone il tema della degradazione, sbarra il futuro, introduce la figura del veggente (poi Madame Sosostris e, soprattutto, Tiresia) che non 'vede' più nulla, se non la desolazione volgare del presente".
[4] Cfr. nota di Eliot al verso 218.
[5] Cfr. Serpieri TD 110, n. 30.
[6] Cfr. nota di Eliot al verso 308.
[7] Cfr. nota di Eliot al verso 309.

la Tradizione d'Occidente? l'Ego? la coazione al senso? o, forse, tutto questo, e altro –, purificazione (*Poi s'ascose nel foco che gli affina*, v. 427), scossa emozionale, follia (v. 431), slancio (*Quando fiam uti chelidon*, v. 428), si accompagna al recupero delle sue prerogative da parte del poeta-Re Pescatore (*Sedetti sulla riva / a pescare, dietro di me l'arida pianura*, vv. 423-424), e all'acquietamento nella pace (*Shantih*, ripetuto tre volte in chiusura).[8]

Non è necessario, dopo tante indagini che valenti studiosi hanno dedicato a un testo così complesso ed enigmatico, ma anche dotato di una forza intuitiva ed espressiva che gli consente, in qualche misura, di farsi intendere da sé, tornare sulle *vexatœ quœstiones* da esso suscitate: la sua indole sinfonica, musicale, che non può non far riflettere, come anche i posteriori *Four Quartets*, sull'onda di rinnovamento che andava in quegli anni attraversando tutte le forme di espressione artistica; l'intervento, provvidenziale, di Ezra Pound,[9] generoso chirurgo che seppe liberare dal piombo di eccessivi psichismi e concessioni alla scrittura automatica l'oro che la mente poetica di Eliot aveva potuto distillare in un momento di dolore e di grazia creativa; le soluzioni metriche, in equilibrio tra classicità e sperimentalismo; la straordinaria multitonalità della voce narrante, che muove dall'ironico al parodistico al lirico al patetico al profetico, senza smarrire la propria unità di fondo, pur nella mimesi dei diversi toni della vita e dell'anima, vibrazione di vastità; la critica serrata alla società urbana del dopoguerra, che è critica a una (in)civiltà fondata sulla rinuncia ai valori spirituali e alla vera essenza dell'uomo; l'intertestualità dell'opera, che si nutre di fitte citazioni dal libro della letteratura universale, in sintonia con le teorie dell'autore sull'interazione creativa tra talento individuale e tradizione;[10] la capacità, propria del rapsodo, di cucire i canti attraverso

[8] Cfr. nota di Eliot al verso 433.

[9] Definitivo, a questo riguardo, il lavoro critico di Serpieri TD, che mette a disposizione del lettore italiano un'edizione comparata del poema, prima e dopo l'intervento del "miglior fabbro".

[10] Cfr. il notissimo *Tradition and the Individual Talent*, pubblicato per la prima volta su "Egoist", settembre-dicembre 1919, e ripubblicato in *The Sacred Wood*, 1920. In italiano, cfr. la traduzione di V. Di Giuro e A. Obertello in *Il Bosco Sacro*, Milano 1967 (riproposta da R. Sanesi in T.S. Eliot, *Opere*, Milano 1986).

la stesura di un ordito occulto, che agglutina l'infinita variabilità semantica del testo intorno ad alcuni motivi fondamentali (il Re Pescatore, morte e rinascita, l'acqua e l'aridità ecc.).[11]

Quando fu costretto, a quanto sembra per motivi di ordine tipografico, ad aggiungere note al testo, Eliot volle suggerirne una chiave di lettura privilegiata, e lo mise in relazione con la mitologia del Graal e i riti di propiziazione della fertilità:

"Non solo il titolo, ma il disegno e buona parte del simbolismo inerente al poema furono suggeriti dal libro di Jessie L. Weston *From Ritual to Romance* (Cambridge), sulla leggenda del Graal. In verità, il mio debito è così profondo che il libro della Weston potrà chiarire le difficoltà del poema molto meglio di quanto possano fare le mie note; e io lo raccomando (indipendentemente dal grande interesse del libro in sé) a chiunque pensi che il poema valga la pena di venire illustrato. Ho anche un debito generale nei confronti di un'altra opera di antropologia, che ha esercitato un profondo influsso sulla nostra generazione: mi riferisco a *Il ramo d'oro* di Frazer; ho utilizzato dei due volumi soprattutto *Adonis, Attis, Osiris*. Chiunque abbia familiarità con queste opere riconoscerà immediatamente nel poema certi riferimenti a riti di vegetazione".[12]

Il Re Pescatore, figura centrale nella leggenda del Graal, e gli dèi Adonis, Attis, Osiris, sono immagini di un principio metamorfico di morte e rinascita, che si inscrive nel poema come filigrana mitica e semantica, e lo investe di una tensione propiziatoria, quasi evocazione di una

---

[11] Si vedano le riflessioni sul "metodo mitico" che Eliot dedica all'*Ulisse* di Joyce ("The Dial", novembre 1923, trad. Serpieri):
"Nell'usare il mito, nel manipolare un continuo parallelismo fra il mondo contemporaneo e il mondo antico, Joyce sta seguendo un metodo che altri devono seguire dopo di lui [...] È semplicemente un modo di controllare, ordinare, dare forma e significato all'immenso panorama di futilità e anarchia che è la storia contemporanea. È un metodo già adombrato da Yeats, e della cui necessità credo che Yeats sia stato il primo contemporaneo a rendersi conto. È, lo credo seriamente, un passo verso la possibile resa del mondo moderno in termini artistici [...]. Invece del metodo narrativo, noi possiamo ora usare il metodo mitico".
[12] Cfr. nota *extra ordinem* di Eliot, p. 65.

radicale palingenesi individuale e collettiva. Da ciò la sua estrema attualità.

Ma forse la chiave di lettura più diretta, e inerente, del poemetto è nell'*incipit*.[13] La crudeltà dell'Aprile è crudeltà che accompagna ogni risveglio, quando una nuova identità pulsa nelle fibre di quella antica, che si aggrappa alla propria sterilità per non morire. Il ritmo ossimorico dell'opposizione tra vecchio e nuovo, vita e morte, aridità e pioggia, è nucleo intuitivo di cui l'intero poema diviene metafora variamente modulata.

Come non riconoscere nella triplice evocazione finale della pace, quasi a chiusura di un inno, o di un pensiero sacro, l'epifania della pioggia, immagine di rinascita? La pace — che è acqua rigeneratrice, ristoro — qui è soltanto nominata. A essa Eliot avrà accesso più di dieci anni dopo, con la mistica musica dei *Four Quartets*.

[13] Vv. 1-4.

Sigle e abbreviazioni

Melchionda TD: *T.S. Eliot, The Waste Land,* a cura di Mario Melchionda, Milano 1986.

Praz TD: *T.S. Eliot, La terra desolata ecc.,* a cura di Mario Praz, Torino 1971.

Serpieri TD: *T.S. Eliot, La terra desolata,* a cura di Alessandro Serpieri, Milano 1982.

Bibliografia essenziale

S. Baldi, *L'organizzazione espressiva della "Terra Desolata"*, in "Studi americani", 4, Roma 1958.

M.C. Bradbrook, *The Making of* The Waste Land, London 1972.

G. Cattaui, *T.S. Eliot*, Paris 1957.

C.B. Cox-A.P. Hincliffe, *T.S. Eliot: The Waste Land*, London 1968.

E.R. Curtius, in *Kritische Essays zur Europäischer Literatur*, Bern 1950.

E. Drew, *T.S. Eliot: The Design of his Poetry*, New York 1949.

T.S. Eliot, *Poesie*, a cura di Roberto Sanesi, Milano 1961.

J.G. Frazer, *Il ramo d'oro. Studio della magia e della religione*, Torino 1990.

F. Gozzi, *La cosmogonia della "Waste Land"*, Pisa 1979.

F.O. Matthiessen, *The Achievement of T.S. Eliot*, New York 1935.

D.E. Maxwell, *Poetry of T.S. Eliot*, London 1952.

M. Melchionda, *The Waste Land*, Milano 1976.

G. Melchiori, *Echi nel "Waste Land"*, in "I funamboli", Torino 1963.

D.S. Mirskij, *T.S. Eliot et la fin de la poésie bourgeoise*, in "Echanges", dicembre 1931.

F. Moretti, *Interpretazioni di Eliot*, Roma 1975.

M. Praz, *La terra desolata*, Torino 1966.

A. Serpieri, *Hopkins-Eliot-Auden*, Bologna 1969.

A. Serpieri, *T.S. Eliot: le strutture profonde*, Bologna 1973.

B.C. Southam, *A Student's Guide to the Selected Poems of T.S. Eliot*, London 1968.

P. Trigona, *Saggio su* The Waste Land, Napoli 1973.

L. Unger, *T.S. Eliot: a selected Critique*, New York 1948.

J.L. Weston, *Indagine sul Santo Graal*, Palermo 1994.

THE WASTE LAND
LA TERRA DESOLATA

"Nam Sibyllam quidem Cumis ego ipse oculis meis vidi in ampulla pendere, et cum illi pueri dicerent: Σίβυλλα τί θέλεις; respondebat illa: ἀποθανεῖν θέλω."

PETRONIO, *Satyricon*

For Ezra Pound
il miglior fabbro

I. The Burial of the Dead

April is the cruellest month, breeding
Lilacs out of the dead land, mixing
Memory and desire, stirring
Dull roots with spring rain.
Winter kept us warm, covering
Earth in forgetful snow, feeding
A little life with dried tubers.
Summer surprised us, coming over the Starnbergersee
With a shower of rain; we stopped in the colonnade,
10 And went on in sunlight, into the Hofgarten,
And drank coffee, and talked for an hour.
Bin gar keine Russin, stamm' aus Litauen, echt deutsch.
And when we were children, staying at the arch-duke's,
My cousin's, he took me out on a sled,
And I was frightened. He said, Marie,
Marie, hold on tight. And down we went.
In the mountains, there you feel free.
I read, much of the night, and go south in the winter.

What are the roots that clutch, what branches grow
20 Out of this stony rubbish? Son of man,
You cannot say, or guess, for you know only
A heap of broken images, where the sun beats,
And the dead tree gives no shelter, the cricket no relief,
And the dry stone no sound of water. Only
There is shadow under this red rock,
(Come in under the shadow of this red rock),
And I will show you something different from either

I. *La sepoltura dei morti*

Aprile è il più crudele di tutti i mesi. Genera
lillà dalla terra morta, mescola
memoria e desiderio, desta
radici sopite con pioggia di primavera.
L'inverno ci tenne al caldo, coprendo
la terra di neve immemore, nutrendo
una piccola vita con tuberi secchi.
L'estate ci ha sorpresi sullo Starnbergersee
con uno scroscio di pioggia;
noi ci fermammo sotto il colonnato
e procedemmo in pieno sole, nell'Hofgarten
e bevemmo caffè, e parlammo per un'ora.
Bin gar keine Russin, samm' aus Litauen
echt deutsch. E quando eravamo bambini
e stavamo dall'arciduca, mio cugino
lui mi condusse in slitta e presi uno spavento, Maria
mi diceva, tieni forte, Maria.
E ci lanciammo giù. Sulle montagne
là ci si sente liberi.
Leggo quasi tutta la notte
e d'inverno me ne vado nel Sud.

Quali radici si afferrano, quali rami crescono
su queste rovine di pietra? Figlio dell'uomo
tu non lo puoi dire, né immaginare
perché conosci soltanto
un cumulo di frante immagini, là dove batte il sole.
E l'albero morto non dà riparo
e il canto del grillo non dà ristoro
e l'arida pietra non dà suono d'acqua. Soltanto
ombra sotto la roccia rossa
(venite all'ombra della roccia rossa)
e vi mostrerò qualcosa di diverso

Your shadow at morning striding behind you
Or your shadow at evening rising to meet you;
30 I will show you fear in a handful of dust.

> *Frisch weht der Wind*
> *Der Heimat zu*
> *Mein Irisch Kind*
> *Wo weilest du?*

'You gave me hyacinths first a year ago;
'They called me the hyacinth girl.'
—Yet when we came back, late, from the hyacinth garden,
Your arms full, and your hair wet, I could not
Speak, and my eyes failed, I was neither
40 Living nor dead, and I knew nothing,
Looking into the heart of light, the silence.
Oed' und leer das Meer.

Madame Sosostris, famous clairvoyante,
Had a bad cold, nevertheless
Is known to be the wisest woman in Europe,
With a wicked pack of cards. Here, said she,
Is your card, the drowned Phoenician Sailor,
(Those are pearls that were his eyes. Look!)
Here is Belladonna, the Lady of the Rocks,
50 The lady of situations.
Here is the man with three staves, and here the Wheel,
And here is the one-eyed merchant, and this card,
Which is blank, is something he carries on his back,
Which I am forbidden to see. I do not find
The Hanged Man. Fear death by water.
I see crowds of people, walking round in a ring.

dalla vostra ombra che al mattino vi segue
o dall'ombra che di sera vi si leva incontro:
vi mostrerò il terrore
in un pugno di polvere.

> *Frisch weht der Wind*
> *Der Heimat zu*
> *Mein Irisch Kind,*
> *Wo weilest du?*

"Mi hai donato i giacinti per la prima volta
un anno fa; mi hanno chiamata
la ragazza dei giacinti" – Eppure quando tornammo
tardi dal giardino dei Giacinti
le tue braccia ricolme, i tuoi capelli umidi
non potevo
parlare, mi si annebbiavano gli occhi, io non ero
vivo né morto, io non sapevo
nulla mentre fissavo il cuore
della luce, il silenzio.
Oed' und leer das Meer.

Madame Sosostris, chiaroveggente famosa,
si era preso un brutto raffreddore, ma nonostante ciò
passava per la donna più sapiente d'Europa
con un diabolico mazzo di carte in mano. Ecco disse
la vostra carta, il Marinaio
Fenicio Annegato (quelle sono le perle
che furono i suoi occhi. Guardate!).
Ed ecco Belladonna, la Dama delle Rocce
la Dama delle Situazioni.
Ecco qui l'uomo dalle tre aste, ecco la Ruota
e il mercante con un occhio solo, e questa carta
bianca è qualcosa che reca sul dorso
ma non posso vedere. Non trovo
l'Uomo Impiccato. Temete la morte per acqua.
Vedo una folla che si muove in cerchio.

Thank you. If you see dear Mrs. Equitone,
Tell her I bring the horoscope myself:
One must be so careful these days.

60   Unreal City,
Under the brown fog of a winter dawn,
A crowd flowed over London Bridge, so many,
I had not thought death had undone so many.
Sighs, short and infrequent, were exhaled,
And each man fixed his eyes before his feet.
Flowed up the hill and down King William Street,
To where Saint Mary Woolnoth kept the hours
With a dead sound on the final stroke of nine.
There I saw one I knew, and stopped him crying: 'Stetson!
70 'You who were with me in the ships at Mylae!
'That corpse you planted last year in your garden,
'Has it begun to sprout? Will it bloom this year?
'Or has the sudden frost disturbed its bed?
'Oh keep the Dog far hence, that's friend to men,
'Or with his nails he'll dig it up again!
'You! hypocrite lecteur!—mon semblable,—mon frère!'

Grazie. Se vedesse la cara signora Equitone
dica che le porterò l'oroscopo io stessa.
Bisogna essere così prudenti
di questi tempi.

Città irreale,
sotto la nebbia scura di un'alba d'inverno
una folla fluiva su London Bridge, tanta
che io non avrei creduto che morte
tanta ne avesse disfatta. Sospiri
corti e rari ne esalavano
e ognuno andava con gli occhi fissi davanti ai piedi.
Fluivano
su per il colle e giù
per King William Street fino a dove
Saint Mary Woolnoth segnava le ore
con suono morto sull'ultimo tocco delle nove.
Là vidi un tale che conoscevo e lo fermai gridando:
"Stetson!
Tu che eri a Mylæ con me sulle navi
quel cadavere che l'anno scorso hai piantato in giardino
ha cominciato a germogliare? Fiorirà
quest'anno? O il gelo improvviso
ne ha danneggiato l'aiuola? Oh tieni il Cane lontano
che è amico dell'uomo, se no con le unghie
lo metterà allo scoperto! Tu
hypocrite lecteur! – mon semblable – mon frère!".

II. *A Game of Chess*

The Chair she sat in, like a burnished throne,
Glowed on the marble, where the glass
Held up by standards wrought with fruited vines
80 From which a golden Cupidon peeped out
(Another hid his eyes behind his wing)
Doubled the flames of sevenbranched candelabra
Reflecting light upon the table as
The glitter of her jewels rose to meet it,
From satin cases poured in rich profusion.
In vials of ivory and coloured glass
Unstoppered, lurked her strange synthetic perfumes,
Unguent, powdered, or liquid—troubled, confused
And drowned the sense in odours; stirred by the air
90 That freshened from the window, these ascended
In fattening the prolonged candle-flames,
Flung their smoke into the laquearia,
Stirring the pattern on the coffered ceiling.
Huge sea-wood fed with copper
Burned green and orange, framed by the coloured stone,
In which sad light a carvèd dolphin swam.
Above the antique mantel was displayed
As though a window gave upon the sylvan scene
The change of Philomel, by the barbarous king
100 So rudely forced; yet there the nightingale
Filled all the desert with inviolable voice
And still she cried, and still the world pursues,
'Jug Jug' to dirty ears.
And other withered stumps of time
Were told upon the walls; staring forms
Leaned out, leaning, hushing the room enclosed.
Footsteps shuffled on the stair.
Under the firelight, under the brush, her hair
Spread out in fiery points
110 Glowed into words, then would be savagely still.

II. *Una partita a scacchi*

Il seggio su cui poggiava, come brunito trono
splendeva sul marmo, dove lo specchio
sostenuto da colonne lavorate a tralci
tra le quali spiava un Cupido dorato (celava
un altro gli occhi dietro l'ala),
raddoppiava le fiamme ai candelabri a sette bracci
riflettendo sul tavolo la luce mentre dei suoi gioielli
lo scintillio le si levava incontro
da astucci di raso versato a profusione;
in fiale d'avorio e vetro colorato
dischiuse i suoi profumi stavano in agguato
sintetici e strani
unguenti ciprie e liquidi – turbavano confondevano
e annegavano il senso negli odori; mossi dall'aria
che entrava fresca dalla finestra salivano
alimentando le fiamme lunghe delle candele
soffiando fumo sui laquearia
animando le forme del soffitto a cassettoni.
Un grande legno sottomarino nutrito di rame
ardeva verde e arancio nella cornice di pietra colorata
e nella sua luce mesta un delfino scolpito nuotava.
Sul camino classico era esibita
come se una finestra desse sulla scena silvana
la metamorfosi di Filomela, dal re barbaro
così brutalmente forzata; eppure l'usignolo
riempiva tutto il deserto con inviolabile voce
e ancora lei gemeva e il mondo ancora séguita
"Giag Giag" a orecchie sporche.
E altre ceppaie di tempo inaridite
erano dette sui muri; forme attonite
si affacciavano, chine, tacitando la stanza chiusa.
Scalpicciavano passi per le scale.
Alla luce del fuoco i suoi capelli
sotto la spazzola guizzavano in punte di fuoco
splendevano in parole
per poi tornare a una cupa calma.

'My nerves are bad to-night. Yes, bad. Stay with me.
Speak to me. Why do you never speak. Speak.
    What are you thinking of? What thinking? What?
I never know what you are thinking. Think.'

    I think we are in rats' alley
Where the dead men lost their bones.

    'What is that noise?'
                  The wind under the door.
'What is that noise now? What is the wind doing?'
120   Nothing again nothing.
                            'Do
You know nothing? Do you see nothing? Do you remem-
    ber
Nothing?'

              I remember
Those are pearls that were his eyes.
'Are you alive, or not? Is there nothing in your head?'
                           But
O O O O that Shakespeherian Rag—
It's so elegant
130 So intelligent
'What shall I do now? What shall I do?
I shall rush out as I am, and walk the street
With my hair down, so. What shall we do tomorrow?
What shall we ever do?'
                      The hot water at ten.
And if it rains, a closed car at four.
And we shall play a game of chess,
Pressing lidless eyes and waiting for a knock upon the
    door.

    When Lil's husband got demobbed, I said—
140 I didn't mince my words, I said to her myself,

"Stasera sto male di nervi. Sì, male. Resta con me.
Parlami. Perché non parli mai? Parla.
A cosa stai pensando? A cosa pensi? A cosa?
Non lo so mai a cosa stai pensando. Pensa."

Penso che siamo nel vicolo dei topi
dove i morti hanno perso le ossa.

"Che cos'è quel rumore?" Il vento
sotto la porta. "E ora, quel rumore?
Che sta facendo il vento?"
                              Niente ancora niente. "E niente
non sai? Non vedi niente? Non ricordi
niente?" Io mi ricordo
quelle sono le perle
che erano i suoi occhi. "Sei vivo
o morto? Non hai niente in testa?" Ma
O O O O quello Shakespeherian Rag
così elegante
così intelligente
"Che cosa farò adesso? Che cosa devo fare?" "Uscirò
come sono e me ne andrò per le strade
con i capelli sciolti, così. Cosa faremo
domani. Cosa faremo
mai?" L'acqua calda alle dieci e se piove
un'automobile chiusa alle sedici.
E ci faremo una partita a scacchi
premendoci gli occhi senza palpebre
in attesa che bussino alla porta.

Quando il marito di Lil venne smobilitato
lo dissi – non avevo peli sulla lingua –
glielo dissi io stessa

Now Albert's coming back, make yourself a bit smart.
He'll want to know what you done with that money he
    gave you
To get yourself some teeth. He did, I was there.
You have them all out, Lil, and get a nice set,
He said, I swear, I can't bear to look at you.
And no more can't I, I said, and think of poor Albert,
He's been in the army four years, he wants a good time,
And if you don't give it him, there's others will, I said.
150 Oh is there, she said. Something o' that, I said.
Then I'll know who to thank, she said, and give me a
    straight look.
HURRY UP PLEASE ITS TIME
If you don't like it you can get on with it, I said.
Others can pick and choose if you can't.
But if Albert makes off, it won't be for lack of telling.
You ought to be ashamed, I said, to look so antique.
(And her only thirty-one.)
I can't help it, she said, pulling a long face,
It's them pills I took, to bring it off, she said.
160 (She's had five already, and nearly died of young George.)
The chemist said it would be all right, but I've never been
    the same.
You *are* a proper fool, I said.
Well, if Albert won't leave you alone, there it is, I said,
What you get married for if you don't want children?
HURRY UP PLEASE ITS TIME
Well, that Sunday Albert was home, they had a hot
    gammon,
And they asked me in to dinner, to get the beauty of it
    hot—
HURRY UP PLEASE ITS TIME
HURRY UP PLEASE ITS TIME
170 Goonight Bill. Goonight Lou. Goonight May. Goonight.
Ta ta. Goonight. Goonight.
Good night, ladies, good night, sweet ladies, good night,
    good night.

S<small>BRIGATEVI PER FAVORE CHE È ORA</small>
Adesso che Albert ritorna rimettiti un po' in ghingheri
vorrà sapere che ne hai fatto dei soldi che ti diede
per farti i denti nuovi. Te li diede, c'ero anch'io.
Falli cavare tutti Lil, e comprati una bella dentiera
lui disse te lo giuro non ti posso vedere così.
Nemmeno io, io dissi, pensa al povero Albert
che è stato quattro anni nell'esercito
e ha bisogno di divertirsi un po'
e se non ci pensi tu ci penseranno le altre, dissi.
Oh è così disse lei. Qualcosa del genere, le dissi.
Allora saprò a chi dire grazie, disse, e guardami bene in
    faccia.
S<small>BRIGATEVI PER FAVORE CHE È ORA</small>
Se non sei convinta séguita pure dissi.
Ce ne sono altre pronte a scegliere e a decidere se non sai
    farlo tu.
Ma se Albert ti sgancia non dire che non sei stata
    avvertita.
Dovresti vergognarti, dissi, di sembrare così antiquata.
(E a solo trentun anni.)
Non posso farci niente disse lei facendo il muso.
È colpa delle pillole che ho preso per l'aborto, disse.
(Ne aveva già avuti cinque, e a momenti ci lasciava la
    pelle
per il piccolo Giorgio.)
Il farmacista diceva che tutto sarebbe andato bene
ma io non sono stata più la stessa.
Tu sei una gran sciocca, dissi.
Bene, se Albert non ti lascia stare, peggio per te, io dissi
perché ti sei sposata se poi non vuoi figli?
S<small>BRIGATEVI PER FAVORE CHE È ORA</small>
Bene, la domenica che Albert tornò
avevano uno zampone bollito
e m'invitarono a cena per farmelo gustare caldo
S<small>BRIGATEVI PER FAVORE CHE È ORA</small>
S<small>BRIGATEVI PER FAVORE CHE È ORA</small>
Buonanotte Bill. Buonanotte Lou. Buonanotte
May. Buonanotte. Ciao. Buonanotte. Buona
notte. Buonanotte signore buonanotte
amabili signore. Buonanotte buona
    notte.

III. *The Fire Sermon*

The river's tent is broken; the last fingers of leaf
Clutch and sink into the wet bank. The wind
Crosses the brown land, unheard. The nymphs are
    departed.
Sweet Thames, run softly, till I end my song.
The river bears no empty bottles, sandwich papers,
Silk handkerchiefs, cardboard boxes, cigarette ends
Or other testimony of summer nights. The nymphs are
    departed.
180 And their friends, the loitering heirs of City directors;
Departed, have left no addresses.
By the waters of Leman I sat down and wept . . .
Sweet Thames, run softly till I end my song,
Sweet Thames, run softly, for I speak not loud or long.
But at my back in a cold blast I hear
The rattle of the bones, and chuckle spread from ear to ear.

A rat crept softly through the vegetation
Dragging its slimy belly on the bank
While I was fishing in the dull canal
190 On a winter evening round behind the gashouse
Musing upon the king my brother's wreck
And on the king my father's death before him.
White bodies naked on the low damp ground
And bones cast in a little low dry garret,
Rattled by the rat's foot only, year to year.
But at my back from time to time I hear
The sound of horns and motors, which shall bring
Sweeney to Mrs. Porter in the spring.
O the moon shone bright on Mrs. Porter
200 And on her daughter
They wash their feet in soda water
Et O ces voix d'enfants, chantant dans la coupole!

III. *Il Sermone del Fuoco*

La tenda del fiume si è rotta: le ultime dita delle foglie
si aggrappano e affondano dentro la riva umida. Il vento
attraversa la terra scura, non udibile. Le Ninfe sono
    partite.
Dolce Tamigi scorri lievemente, finché dura il mio canto.
Il fiume non porta bottiglie vuote, carte da salumaio
fazzoletti di seta, scatole di cartone, mozziconi di
    sigarette
o altre testimonianze delle notti estive. Le Ninfe sono
    partite.
E i loro amici eredi sfaccendati di direttori di compagnie
    della City;
partiti senza lasciare indirizzo. Presso le acque del
    Lemano
mi sedetti e piansi. Dolce Tamigi scorri dolcemente
finché dura il mio canto. Dolce Tamigi scorri dolcemente
perché il mio canto non è alto né lungo.
Ma alle mie spalle in una fredda raffica sento
lo scricchiolio delle ossa e il ghigno che attraversa il
    volto.
Un topo si insinuò lentamente tra la vegetazione
trascinando il ventre viscido sulla riva
mentre pescavo nel canale spento
una sera d'inverno dietro il gasometro
meditando sul naufragio del re mio fratello
e sulla fine del re mio padre, prima di lui.
Bianchi corpi nudi sopra il suolo basso e umido
ossa gettate in una soffitta bassa e arida
che solo la zampa del topo fa scricchiolare, di anno in
    anno.
Ma alle mie spalle ogni tanto sento
il suono delle trombe e dei motori
che condurranno Sweeney da Mrs. Porter a primavera.
Oh la luna splendeva lucente su Mrs. Porter
e su sua figlia
che si lavavano i piedi in acqua di soda. *Et
O ces voix d'enfants, chantant dans la coupole!*

Twit twit twit
Jug jug jug jug jug jug
So rudely forc'd.
Tereu

   Unreal City
Under the brown fog of a winter noon
Mr. Eugenides, the Smyrna merchant
Unshaven, with a pocket full of currants
C.i.f. London: documents at sight,
Asked me in demotic French
To luncheon at the Cannon Street Hotel
Followed by a weekend at the Metropole.

   At the violet hour, when the eyes and back
Turn upward from the desk, when the human engine waits
Like a taxi throbbing waiting,
I Tiresias, though blind, throbbing between two lives,
Old man with wrinkled female breasts, can see
At the violet hour, the evening hour that strives
Homeward, and brings the sailor home from sea,
The typist home at teatime, clears her breakfast, lights
Her stove, and lays out food in tins.
Out of the window perilously spread
Her drying combinations touched by the sun's last rays,
On the divan are piled (at night her bed)
Stockings, slippers, camisoles, and stays.
I Tiresias, old man with wrinkled dugs
Perceived the scene, and foretold the rest—
I too awaited the expected guest.
He, the young man carbuncular, arrives,
A small house agent's clerk, with one bold stare,
One of the low on whom assurance sits

Tuit tuit tuit
giag giag giag giag giag giag
così brutalmente forzata.
Tiriù

Città irreale
sotto la nebbia scura di un pomeriggio d'inverno
Mr. Eugenides, il mercante di Smirne,
malrasato, con una tasca piena di uva passa
C.i.f. London: documenti a vista
mi invitò in un francese demotico
a colazione al Cannon Street Hotel
seguita da un fine settimana al Metropole.

Nell'ora violetta,
quando gli occhi e la schiena si levano dallo scrittoio
quando il motore umano attende
come un tassì pulsante nell'attesa
io Tiresia, benché cieco
pulsante tra due vite
vecchio con vizze mammelle di donna posso vedere
nell'ora violetta della sera che volge al ritorno
e riconduce dal mare a casa il marinaio
la dattilografa in casa all'ora del tè
sparecchia la colazione accende il fornello
tira fuori barattoli di cibo conservato.
Fuori dalla finestra pericolosamente stese
le sue combinazioni che si asciugano
toccate dagli ultimi raggi del sole.
Sopra il divano (che di notte è suo letto)
sono ammucchiate calze pantofole corsetti e camiciole.
Io Tiresia
vecchio con vizze mammelle
ho osservato la scena e ho predetto il resto.
Anch'io attesi l'ospite aspettato
ecco che arriva il giovinotto foruncoloso
impiegato in una piccola agenzia di locazione, sguardo
    ardito
uno di basso rango a cui la sicurezza si addice

As a silk hat on a Bradford millionaire.
The time is now propitious, as he guesses,
The meal is ended, she is bored and tired,
Endeavours to engage her in caresses
Which still are unreproved, if undesired.
Flushed and decided, he assaults at once;
240 Exploring hands encounter no defence;
His vanity requires no response,
And makes a welcome of indifference.
(And I Tiresias have foresuffered all
Enacted on this same divan or bed;
I who have sat by Thebes below the wall
And walked among the lowest of the dead.)
Bestows one final patronising kiss,
And gropes his way, finding the stairs unlit . . .

She turns and looks a moment in the glass,
250 Hardly aware of her departed lover;
Her brain allows one half-formed thought to pass:
'Well now that's done: and I'm glad it's over.'
When lovely woman stoops to folly and
Paces about her room again, alone,
She smooths her hair with automatic hand,
And puts a record on the gramophone.

'This music crept by me upon the waters'
And along the Strand, up Queen Victoria Street.
O City city, I can sometimes hear
260 Beside a public bar in Lower Thames Street,
The pleasant whining of a mandoline
And a clatter and a chatter from within
Where fishmen lounge at noon: where the walls
Of Magnus Martyr hold
Inexplicable splendour of Ionian white and gold.

come il cilindro a un villano arricchito.
L'istante ora è propizio, come bene indovina
il pasto è finito, lei annoiata e stanca
lui tenta d'impegnarla a una carezza
non respinta seppure non bramata.
Eccitato e deciso ecco muove all'attacco
le mani che la esplorano non incontrano resistenza
la sua vanità non esige intesa
interpreta indifferenza come buona accoglienza.
(E io Tiresia ho presofferto tutto
ciò che si compie su questo divano o letto
io che a Tebe sedei sotto le mura
e camminai tra i morti che stanno più in basso.)
Concede un bacio finale di accondiscendenza
e brancola verso l'uscita, trovando al buio le scale...

Lei si volge e guarda un attimo nello specchio
a stento ricordandosi dell'amante appena uscito;
il suo cervello lascia che un pensiero formato
solo a metà trascorra: "Bene anche questa è fatta:
lieta che sia finita".
Quando una donna amabile si piega a far follie
e va da sola su e giù per la stanza
con gesto meccanico i capelli ravvia
e mette sul grammofono un'aria di danza.

"Questa musica accanto a me scivola sull'acqua"
e lungo lo Strand, fino a Queen Victoria Street.
O città città a volte posso ascoltare
vicino a un bar in Lower Thames Street
il lamento dolce di un mandolino
e un acciottolio e un cicaleccio da dentro
dove a mezzogiorno i pescaioli riposano: dove i muri
di Magnus Martyr trattengono
splendore inesplicabile di bianco e d'oro ionici.

The river sweats
Oil and tar
The barges drift
With the turning tide
270   Red sails
Wide
To leeward, swing on the heavy spar.
The barges wash
Drifting logs
Down Greenwich reach
Past the Isle of Dogs.
          Weialala leia
          Wallala leialala

Elizabeth and Leicester
280   Beating oars
The stern was formed
A gilded shell
Red and gold
The brisk swell
Rippled both shores
Southwest wind
Carried down stream
The peal of bells
White towers
290   Weialala leia
          Wallala leialala

'Trams and dusty trees.
Highbury bore me. Richmond and Kew
Undid me. By Richmond I raised my knees
Supine on the floor of a narrow canoe.'

'My feet are at Moorgate, and my heart
Under my feet. After the event
He wept. He promised "a new start".
I made no comment. What should I resent?'

Il fiume trasuda
olio e catrame
le chiatte scivolano
con la marea che volge
vele rosse
aperte
ruotano sottovento su alberi pesanti.
Le chiatte spingono
tronchi alla deriva
verso l'ansa di Greenwich
oltre l'Isola dei Cani.
   Weialala leia
   Wallala leialala.

Elisabetta e Leicester
battere di remi
la poppa era formata
da una conchiglia d'oro
rossa e oro
l'onda rapida
frangeva le due rive
vento di sud-ovest
portava con la corrente
suono di campane
torri bianche
   Weialala leia
   Wallala leialala.

"Tram e alberi coperti di polvere
Highbury mi fe'. Disfecemi
Richmond e Kew. A Richmond alzai le
  ginocchia
supina sul fondo di una canoa stretta."

"I miei piedi sono a Margate, il mio cuore
sotto di quelli. Dopo l'evento pianse.
Promise 'un nuovo avvio'. Non feci alcun
  commento

300 'On Margate Sands.
    I can connect
    Nothing with nothing.
    The broken fingernails of dirty hands.
    My people humble people who expect
    Nothing.'
                la la

    To Carthage then I came

    Burning burning burning burning
    O Lord Thou pluckest me out
310 O Lord Thou pluckest

    burning

Di che cosa dovrei rammaricarmi?"
"Sulle sabbie di Margate.
Non posso riconnettere
nulla con nulla.
Unghie rotte di mani sporche.
I miei, gente modesta che non chiede
nulla."
       la la

A Cartagine poi io venni

Ardere ardere ardere ardere
o Signore Tu mi cogli
o Signore Tu cogli

bruciando

IV. *Death by Water*

Phlebas the Phoenician, a fortnight dead,
Forgot the cry of gulls, and the deep sea swell
And the profit and loss.
       A current under sea
Picked his bones in whispers. As he rose and fell
He passed the stages of his age and youth
Entering the whirlpool.
         Gentile or Jew
320 O you who turn the wheel and look to windward,
Consider Phlebas, who was once handsome and tall as
  you.

IV. *Morte per acqua*

Phlebas il Fenicio, morto da quindici giorni
dimenticò il grido dei gabbiani, e il gorgo profondo del
    mare
e il guadagno e la perdita.
                    Una corrente sottomarina
spolpò le sue ossa in sussurri. Mentre affiorava e
    affondava
attraversò gli stadi della maturità e della gioventù
sprofondando nel vortice.
                    Gentile o Giudeo
o tu che volgi la ruota e guardi nella direzione del vento
pensa a Phlebas che un tempo era bello, e alto, al pari di
    te.

V. *What the Thunder said*

        After the torchlight red on sweaty faces
        After the frosty silence in the gardens
        After the agony in stony places
        The shouting and the crying
        Prison and palace and reverberation
        Of thunder of spring over distant mountains
        He who was living is now dead
        We who were living are now dying
330 With a little patience

        Here is no water but only rock
        Rock and no water and the sandy road
        The road winding above among the mountains
        Which are mountains of rock without water
        If there were water we should stop and drink
        Amongst the rock one cannot stop or think
        Sweat is dry and feet are in the sand
        If there were only water amongst the rock
        Dead mountain mouth of carious teeth that cannot spit
340 Here one can neither stand nor lie nor sit
        There is not even silence in the mountains
        But dry sterile thunder without rain
        There is not even solitude in the mountains
        But red sullen faces sneer and snarl
        From doors of mudcracked houses
                                    If there were water

        And no rock
        If there were rock
        And also water
        And water
350   A spring
        A pool among the rock

V. *Ciò che il tuono disse*

Dopo la luce delle torce rossa su volti sudati
dopo il silenzio gelido nei giardini
dopo l'agonia in luoghi di pietra
il clamore e il pianto
la prigione il palazzo l'echeggiato
schianto del tuono primaverile su monti lontani
colui che era vivo adesso è morto
noi che eravamo vivi stiamo morendo
adesso, con un po' di pazienza

Qui non c'è acqua, ma soltanto roccia
roccia non acqua e la strada di sabbia
la strada che si snoda lassù tra le montagne
montagne di roccia e niente acqua
se qui ci fosse acqua ci fermeremmo a bere
tra la roccia non ci si può fermare o pensare
il sudore è asciutto, i piedi nella sabbia
ci fosse almeno acqua tra la roccia
morta bocca di montagna con i denti cariati che non può
    sputare
qui non si può stare in piedi non si può giacere né sedere
non c'è neanche silenzio tra i monti
ma tuono secco sterile senza pioggia
non c'è neppure solitudine tra i monti
ma volti rossi arcigni ringhiano e sogghignano
da soglie d'abitazioni di fango screpolato

                                         se ci fosse acqua

        e niente roccia
        se ci fosse roccia
        e anche acqua
        e acqua
        una sorgente
        una pozza fra la roccia

If there were the sound of water only
Not the cicada
And dry grass singing
But sound of water over a rock
Where the hermit-thrush sings in the pine trees
Drip drop drip drop drop drop drop
But there is no water

Who is the third who walks always beside you?
360 When I count, there are only you and I together
But when I look ahead up the white road
There is always another one walking beside you
Gliding wrapt in a brown mantle, hooded
I do not know whether a man or a woman
—But who is that on the other side of you?

What is that sound high in the air
Murmur of maternal lamentation
Who are those hooded hordes swarming
Over endless plains, stumbling in cracked earth
370 Ringed by the flat horizon only
What is the city over the mountains
Cracks and reforms and bursts in the violet air
Falling towers
Jerusalem Athens Alexandria
Vienna London
Unreal
A woman drew her long black hair out tight
And fiddled whisper music on those strings
And bats with baby faces in the violet light
380 Whistled, and beat their wings
And crawled head downward down a blackened wall
And upside down in air were towers
Tolling reminiscent bells, that kept the hours
And voices singing out of empty cisterns and exhausted
      wells.

se soltanto ci fosse suono d'acqua
non la cicala
e il canto dell'erba secca
ma suono d'acqua sopra una roccia
dove il tordo eremita in mezzo ai pini canta
drip drop drip drop drop drop drop
ma niente acqua

Chi è il terzo che cammina sempre al tuo fianco?
Quando conto, ci siamo solo io e te insieme
me se guardo innanzi, lungo la strada bianca
c'è sempre un altro che cammina al tuo fianco
scivola avvolto in un manto bruno
incappucciato. Non so se uomo o donna.
Ma chi è quello che ti sta sull'altro fianco?

Cos'è quel suono alto nell'aria, mormorio
di materna lamentazione
chi sono quelle orde incappucciate sciamanti
per pianure infinite incespicando nella terra screpolata
cerchiata soltanto da un orizzonte piatto
che città c'è sulle montagne
si spezza e si riforma e scoppia nell'aria violetta
torri crollanti
Gerusalemme Atene Alessandria
Vienna Londra
irreali

Una donna distese la chioma lunga e nera
e arpeggiò su quelle corde sussurri musicali
e nottole dal viso di bimbo nella luce violetta
squittivano, battendo le ali
strisciando a testa in giù per un muro annerito
e rovesciate nell'aria c'erano torri
sonore campane che non dimenticano e segnano le ore
voci che cantano
dal fondo di cisterne vuote e pozzi inariditi.

In this decayed hole among the mountains
In the faint moonlight, the grass is singing
Over the tumbled graves, about the chapel
There is the empty chapel, only the wind's home.
It has no windows, and the door swings,
390 Dry bones can harm no one.
Only a cock stood on the roof tree
Co co rico co co rico
In a flash of lightning. Then a damp gust
Bringing rain

Ganga was sunken, and the limp leaves
Waited for rain, while the black clouds
Gathered far distant, over Himavant.
The jungle crouched, humped in silence.
Then spoke the thunder
400 D A
Datta: what have we given?
My friend, blood shaking my heart
The awful daring of a moment's surrender
Which an age of prudence can never retract
By this, and this only, we have existed
Which is not to be found in our obituaries
Or in memories draped by the beneficent spider
Or under seals broken by the lean solicitor
In our empty rooms
410 D A
Dayadhvam: I have heard the key
Turn in the door once and turn once only
We think of the key, each in his prison
Thinking of the key, each confirms a prison
Only at nightfall, aethereal rumours
Revive for a moment a broken Coriolanus
D A
Damyata: The boat responded

In questa buca squallida tra i monti
alla luce tenue della luna
l'erba fruscia sulle tombe sconnesse, intorno alla
cappella
c'è la cappella vuota, dimora del vento soltanto.
Non ha finestre, la porta batte
non fanno male a nessuno ossa inaridite.
Soltanto si ergeva un gallo sulla trave del tetto
chicchirichì chicchirichì
nel guizzo di un lampo. Poi una raffica umida
che riporta la pioggia

Il Gange era basso, le foglie flosce
in attesa di pioggia, mentre nuvole nere
si addensavano ben lontano, sull'Himavant.
La giungla era appiattita, accovacciata in silenzio.
Allora parlò il tuono
DA
Datta: che abbiamo dato noi?
Amico mio, sangue che agita il mio cuore
l'ardimento terribile di un attimo di abbandono
che un secolo di prudenza non potrà mai ritrattare
per questo, e questo soltanto noi siamo esistiti
che non si troverà nei nostri necrologi
o sulle iscrizioni ammantate dal ragno benevolo
o sotto i suggelli infranti dal notaio scarno
nelle nostre stanze vuote
DA
Dayadhvam: ho udito la chiave
girare sulla porta una volta, girare soltanto una volta
noi pensiamo alla chiave, ognuno nella propria prigione
e pensando alla chiave ciascuno conferma una prigione.
Solo al calare della notte eterei rumori
ravvivano per un attimo un Coriolano affranto
DA
Dāmyata: la barca rispondeva

61

Gaily, to the hand expert with sail and oar
420 The sea was calm, your heart would have responded
Gaily, when invited, beating obedient
To controlling hands

I sat upon the shore
Fishing, with the arid plain behind me
Shall I at least set my lands in order?
London Bridge is falling down falling down falling down
Poi s'ascose nel foco che gli affina
Quando fiam uti chelidon—O swallow swallow
Le Prince d'Aquitaine à la tour abolie
430 These fragments I have shored against my ruins
Why then Ile fit you. Hieronymo's mad againe.
Datta. Dayadhvam. Damyata.
Shantih shantih shantih

lieta alla mano esperta di vela e di remo
calmo era il mare il tuo cuore
avrebbe corrisposto lieto all'invito battendo docilmente
alle mani che sorvegliano
                                    Sedetti sulla riva
a pescare, dietro di me l'arida pianura
riuscirò finalmente a fare ordine nelle mie terre?
London Bridge sta cadendo sta cadendo sta cadendo
Poi s'ascose nel foco che gli affina
quando fiam uti chelidon — O rondine rondine
Le Prince d'Aquitaine à la tour abolie
con questi frammenti ho puntellato le mie rovine
*Why then Ile fit you.** Geronimo è impazzito di nuovo.
Datta. Dayadhvam. Dāmyata.
      Shantih shantih shantih

* Vedi nota 431, p. 78.

Note di Eliot

Non solo il titolo, ma il disegno e buona parte del simbolismo inerente al poema furono suggeriti dal libro di Jessie L. Weston *From Ritual to Romance* (trad. it. *Indagine sul Santo Graal*, Sellerio, Palermo 1994), sulla leggenda del Graal. In verità, il mio debito è così profondo che il libro della Weston potrà chiarire le difficoltà del poema molto meglio di quanto possano fare le mie note; e io lo raccomando (indipendentemente dal grande interesse del libro in sé) a chiunque pensi che il poema valga la pena di venire illustrato. Ho anche un debito generale nei confronti di un'altra opera di antropologia, che ha esercitato un profondo influsso sulla nostra generazione; mi riferisco a *The Golden Bough* (trad. it. *Il ramo d'oro*, Bollati Boringhieri, Torino 1990) di Frazer; ho utilizzato dei due volumi soprattutto *Adonis, Attis, Osiris*. Chiunque abbia familiarità con queste opere riconoscerà immediatamente nel poema certi riferimenti a riti di vegetazione.

I La sepoltura dei morti

Verso 20. Cfr. *Ezechiele* 2, 1.
23. Cfr. *Ecclesiaste* 12, 5.
31. Cfr. *Tristan und Isolde* I, versi 5-8.
42. Idem III, verso 24.
46. Non mi è nota l'esatta composizione del mazzo dei Tarocchi, dalla quale mi sono ovviamente allontanato per raggiungere i miei fini. L'Impiccato, che fa parte del mazzo tradizionale, si adatta al mio scopo in due modi: perché nella mia mente è associato al Dio Impiccato di Frazer, e perché lo associo alla figura incappucciata nel passo dei discepoli a Emmaus nella Parte V. Il Marinaio Fenicio e il Mercante compaiono più avanti; anche la "folla di gente", e la Morte per Acqua sono sviluppate nella Parte V. L'Uomo dalle Tre Aste (che in effetti fa parte del mazzo dei Tarocchi) viene da me associato, del tutto arbitrariamente, al Re Pescatore stesso.

60. Cfr. Baudelaire:
Fourmillante cité, cité pleine de rêves,
Où le spectre en plein jour raccroche le passant.
63. Cfr. *Inferno* III, 55-57:
sì lunga tratta
di gente, ch'io non avrei creduto
che morte tanta n'avesse disfatta.
64. Cfr. *Inferno* IV, 25-27:
Quivi, secondo che per ascoltare,
non avea pianto mai che di sospiri
che l'aura etterna facevan tremare.
68. Un fenomeno che ho notato spesso.
74. Cfr. il lamento funebre in *The White Devil* di Webster.
76. Cfr. Baudelaire, Prefazione a *Fleurs du mal.*

II Una partita a scacchi

77. Cfr. *Antony and Cleopatra* II, 2, 1, vv. 190 ss.
92. Laquearia. Cfr. *Eneide* I, 726:
dependent lychni laquearibus aureis
incensi et noctem flammis funalia vincunt.
98. Scena silvana. Cfr. Milton, *Paradise Lost* IV, 140.
99. Cfr. Ovidio, *Metamorfosi* VI, Filemone e Bauci.
100. Cfr. Parte III, verso 204.
115. Cfr. Parte III, verso 195.
118. Cfr. Webster: "Is the wind in that door still?".
126. Cfr. Parte I, versi 37, 48.
138. Cfr. la partita a scacchi in *Women Beware Women* Middleton.

III Il Sermone del Fuoco

176. Cfr. Spenser, *Prothalamion.*
192. Cfr. *The Tempest* I, 2.
196. Cfr. Marvell, *To His Coy Mistress.*
197. Cfr. Day, *Parliament of Bees*:
When of the sudden, listening, you shall hear,
A noise of horns and hunting, which shall bring
Actæcon to Diana in the spring,
Where all shall see her naked skin...
199. Non conosco l'origine della ballata da cui sono tratti questi versi: mi è stato detto che viene da Sydney, in Australia.
202. Cfr. Verlaine, *Parsifal.*

210. L'uva passa era quotata a un prezzo "trasporto e assicurazione compresi fino a Londra"; e la polizza di sbarco ecc. veniva rimessa al compratore previo pagamento della tratta a vista.

218. Tiresia, anche se è un semplice spettatore e non un vero e proprio "personaggio", è però la figura più importante del poema, che unifica tutti gli altri. Proprio come il mercante da un occhio solo, che commercia uva passa, si identifica con il Marinaio Fenicio, e questi non è del tutto distinto da Ferdinando principe di Napoli, così tutte le donne sono una sola donna, e i due sessi si incontrano in Tiresia. Ciò che Tiresia *vede*, in effetti, è la sostanza del poema. Tutto il passo di Ovidio è di grande interesse antropologico:

...Cum Iunone iocos et "Maior vestra profecto est
Quam quæ contingit maribus," dixisse, "voluptas".
Illa negat; placuit quæ sit sententia docti

Quærere Tiresiæ: Venus huic erat utraque nota.
Nam duo magnorum viridi cœuntia silva
Corpora serpentum baculi violaverat ictu
Deque viro factus, mirabile, femina septem
Egerat autumnos; octavo rursus eosdem
Vidit et "Est vestræ si tanta potentia plagæ,"
Dixit "ut auctoris sortem in contraria mutet,
Nunc quoque vos feriam!" Percussis anguibus isdem
Forma prior rediit genectivaque venit imago.
Arbiter hic igitur sumptus de lite iocosa
Dicta Iovis firmat; gravius Saturnia iusto
Nec pro materia fertur doluisse suique
Iudicis æterna damnavit lumina nocte,
At pater omnipotens (neque enim licet inrita cuiquam
Facta dei fecisse deo) pro lumine adempto
Scire futura dedit pœnamque levavit honore.

(*Metamorfosi* III, 320-338, n.d.r.)

221. Questo può non apparire esatto come i versi di Saffo (fr. 3 Lobel-Page, n.d.r.), ma io avevo in mente il pescatore "sottocosta" o di "dory", che ritorna al calare delle tenebre.

253. Cfr. Goldsmith, la canzone in *The Vicar of Wakefield*.

257. Cfr. *The Tempest*, come sopra.

264. L'interno di St. Magnus Martyr è a mio parere uno dei più belli tra gli interni di Wren. Cfr. *The Proposed Demolition of Nineteen City Churches* (P.S. King & Sons, Ltd).

266. Il canto delle (tre) Figlie del Tamigi comincia qui, e parlano a turno dal verso 292 al verso 306. Cfr. *Götterdämmerung* III, I: le Figlie del Reno.

279. Cfr. Froude, *Elizabeth*, vol. I, cap. IV, lettera di De Quadra a Filippo di Spagna: "Nel pomeriggio eravamo in un'imbarcazione da parata a guardare i giochi sul fiume; (La Regina) era

sola con Lord Robert e me a poppa, quando cominciarono a dire sciocchezze, e arrivarono al punto che Lord Robert alla fine disse che, essendo io presente, non c'era motivo per cui non dovessero sposarsi, se la Regina lo gradiva".

293. Cfr. *Purgatorio* V, 133:
>   Ricordati di me, che son la Pia;
>   Siena mi fe', disfecemi Maremma.

307. Cfr. *Le confessioni* di Sant'Agostino: "Veni Carthaginem, et circumstrepebat me undique sartago flagitiosorum amorum" (Libro III, I; Eliot riporta la traduzione inglese, n.d.r.).

308. Il testo integrale del *Sermone del Fuoco* di Buddha (che corrisponde, per importanza, al *Discorso della Montagna*), da cui ho tratto queste parole, si troverà tradotto in *Buddhism in Translation*, del compianto Henry Clarke Warren (Harvard Oriental Series). Warren fu uno dei grandi pionieri degli studi buddhisti in Occidente.

309. Ancora da *Le confessioni* di Sant'Agostino. La collocazione di questi due esponenti dell'ascetismo orientale e occidentale al culmine di questa parte del Poema non è casuale.

V Ciò che il tuono disse

All'inizio della Parte V vengono impiegati tre temi: il viaggio a Emmaus, l'avvicinamento alla Cappella Perigliosa (cfr. il libro di Miss Weston) e l'attuale decadenza dell'Europa orientale.

357. Si tratta del *Turdus aonalaschkœ pallasii*, il tordo eremita che ho udito nella provincia del Quebec. Chapman (*Handbook of Birds of Eastern North America*) disse: "Si trova abitualmente nelle foreste folte e in macchie appartate... Le sue note non colpiscono per varietà o per volume, ma quanto a purezza e dolcezza di tono e squisita modulazione non hanno l'eguale". Il suo "canto d'acqua stillante" è giustamente celebrato.

360. I versi seguenti sono stati suggeriti dalla relazione di una delle spedizioni antartiche (non ricordo quale, ma penso che fosse una di Shackleton): si raccontava di tutti gli esploratori, allo stremo delle forze, avessero la costante illusione che ci fosse *una persona in più* di quante in realtà se ne contavano.

366-376. Cfr. Hermann Hesse, *Blick ins Chaos*: "Schon ist halb Europa, schon ist zumindest der halbe Osten Europas auf dem Wege zum Chaos, fährt betrunken im heiligem Wahn am Abgrund entlang und singt dazu, singt betrunken und hymnisch wie Dmitri Karamasoff sang. Ueber diese Lieder lacht der Bürger beleidigt, der Heilige und Seher hört sie mit Tränen". (Già mezza Europa, già almeno la metà orientale dell'Europa è sulla via del caos, ubriaca di illusioni fanatiche cammina sull'orlo dell'abisso e canta, canta un inno ubriaco come cantava Dimitri

Karamazov. Il borghese oltraggiato ride di questi canti, ma il santo e il veggente li ascoltano in lacrime. Trad. d.r.)

401. "Datta, dayadhvam, dāmyata" (Dona, compatisci, controlla). La parabola del significato del Tuono si trova nella *Bṛhādaranyaka-upaiṇṣad* 5, 1 (in realtà 5, 2, n.d.r.). Una traduzione in *Sechzig Upanishads des Veda* di Deussen, p. 489.

407. Cfr. Webster, *The White Devil* V, 6:
...they'll remarry
Ere the worm pierce your winding-sheet, ere the spider
Make a thin curtain for your epitaphs.

411. Cfr. *Inferno*, XXXIII, 46:
ed io sentii chiavar l'uscio di sotto
all'orribile torre.

Cfr. anche F.H. Bradley, *Appearance and Reality*, p. 306: "Le mie sensazioni esterne non mi sono meno esclusive dei miei pensieri o dei miei sentimenti. In entrambi i casi, la mia esperienza cade entro il mio cerchio, un cerchio chiuso all'esterno; e anche se tutti i loro elementi sono simili, ogni sfera è opaca per le altre che la circondano... In breve, considerato come un'esistenza che appare in un'anima, l'intero mondo è peculiare a ciascuno ed esclusivo per quell'anima".

424. Cfr. Weston, *From Ritual to Romance*, capitolo sul Re Pescatore.

427. Cfr. *Purgatorio*, XXVI, 145:
"Ara vos prec per aquella valor
que vos condus al som de l'escalina
sovenha vos a temps de ma dolor."
Poi s'ascose nel foco che gli affina.

428. Cfr. *Pervigilium Veneris*. Cfr. Filomela nelle parti II e III.

429. Gerard de Nerval, Sonetto *El Desdichado*.

431. Cfr. *Spanish Tragedy*, di Kyd.

433. Shantih. Ripetuto come qui, è la chiusa formale di una Upaniṣad. "Pace che sorpassa la comprensione" è il nostro equivalente per questa parola.

Note del curatore

"Nam Sibyllam... θέλω": cfr. nota 3 all'*Introduzione*, p. 23.

Il miglior fabbro: così viene definito da Virgilio il trovatore Arnaut Daniel in *Purgatorio* XXVI, 115-117:

"O frate" disse "questi ch'io ti cerno
col dito," e additò uno spirto innanzi,
"fu miglior fabbro del parlar materno".

I *La sepoltura dei morti*

Titolo: cfr. *The Order for the Burial of the Dead*, servizio funebre nel rito anglicano, e la sepoltura del simulacro del dio nei riti di vegetazione.

Versi 6-7. Cfr. *To Our Ladies of Death*, del poeta tardo-vittoriano James Thomson:

Our Mother feedeth thus our little life,
That we in turn may feed her with our death.

8. Lago vicino a Monaco di Baviera, dove era affogato Ludwig II di Wittelsbach, protettore di Wagner, re infermo, come il Re Pescatore della leggenda del Graal (cfr. nota 1 all'*Introduzione*, pp. 21-22). Viene introdotto il tema della "morte per acqua".

10. Hofgarten è il nome di un parco di Monaco, città che Eliot visitò nell'agosto del 1911.

12. "Non sono russa, sono di origine lituana, una vera tedesca." I vv. 8-18 sono eco delle memorie della contessa Marie Larisch, *My Past*, che aveva una casa sullo Starnbergersee e cugini arciduchi, andava a svernare a Mentone e diceva di sentirsi libera soltanto in montagna (cfr. Serpieri TD 76, n. 10, che rileva come nell'autobiografia la contessa narrasse delle morti per acqua del re Ludwig e dell'imperatrice, assassinata in un battello sul lago di Lemano, cfr. v. 182).

20. Nel passo biblico Dio apostrofa con l'espressione "Son of man" il profeta, per inviarlo a ricondurre alla fede il popolo di Israele in rivolta.

22. Cfr. *Ezechiele* 6, 6, per il riferimento alle immagini infrante, in seguito al giudizio di Dio contro l'idolatria di Israele.

23. Nel passo biblico si tratta degli effetti della vecchiaia e, in ogni caso, di una sterilità e di una decadenza.

25-29. Cfr. *The Death of Saint Narcissus*, 1-7. "Roccia rossa" secondo la maggior parte degli interpreti è la chiesa. Ma, se si tiene presente il mito del Graal, può indicare l'essenza vera di Cristo, il Graal, la pietra filosofale.

31-34. Un marinaio canta pensando alla ragazza lontana.

> Fresco soffia il vento
> Verso la patria
> Mia bimba irlandese
> Dove indugi tu?

35-37. Giacinto era dio della fecondità.

42. "Desolato e vuoto il mare." Così dice un pastore a Tristano che, morente, attende invano l'arrivo di Isotta dal mare. I vv. 31-42, dopo il tono profetico dei vv. 19-30, dicono di amori difficili o inespressi, secondo il modulo tardo-romantico.

43-59. "Nel romanzo di A. Huxley, *Crome Yellow* (1921), cap. XXVII, un personaggio della storia, Mr. Scogan, compare sotto le mentite spoglie di 'Sosostris, la strega di Ecbatana'. Smith considera tematico il travestimento di Scogan e collega Madame Sosostris con Tiresia androgino (vedi anche n. di Eliot al v. 218)" (Melchionda TD 46). Madame Sosostris, lungi dall'essere, come pensa Serpieri TD 80, n. 18, "la moderna cartomante imbrogliona che degrada il rito divinatorio a superstizione materialistica", è personaggio chiave, che introduce un insieme assai denso di motivi e simboli che saranno ripresi nel corso del poema: 1) la rigenerazione che segue alla "morte per acqua" (cfr. sez. IV), a cui viene sottoposto il Marinaio Fenicio (il Phlebas dei vv. 312-321), iniziato ai Misteri di morte e rinascita, che, per identificazione mistica, sperimenta le peripezie del dio (cfr. nota a sez. IV); il verso 48 va confrontato con il canto del folletto Ariele in Shakespeare, *The Tempest* I, 2, 395-401:

> a sea change
> Into something rich and strange.

2) Archetipi del femminino, mondano (Belladonna può coincidere con la *femme fatale* dei vv. 77-110) e sublime (la *Lady of the Rocks* può ben coincidere con la Gioconda di Walter Pater o con la Vergine delle Rocce di Leonardo, e la *lady of situations* può alludere a un principio femminile di intuizione cosmica). 3) L'Uomo dalle Tre Aste è, a detta di Eliot stesso, il Re Pescatore (cfr. nota di Eliot al v. 46). 4) La Ruota, immagine del divenire e dell'impermanenza delle cose mondane (cfr. vv. 20-30), ma soprattutto dell'alterno fluire delle vicende. 5) Il mercante con un occhio solo coincide con il mercante di Smirne dei vv. 209-214; secondo Serpieri TD 81, n. 21, "la carta bianca è il carico segre-

to che porta con sé il mercante di Smirne [...] che nei suoi viaggi commerciali nel Mediterraneo era, nell'antichità, anche un messaggero del culto misterico del dio frigio della fertilità, Atti". 6) L'Impiccato, a detta di Eliot (cfr. nota al v. 46), coincide con il Dio Impiccato di Frazer, "il dio sacrificale e redentore" (Serpieri TD 82, n. 22), e con "la figura incappucciata nel passo dei discepoli a Emmaus nella Parte V".

60. I versi di Baudelaire sono tratti dalla poesia "Les Sept vieillards" (*Les Fleurs du Mal* 90, 1-2).

66. L'altura è Ludgate Hill; King William Street non è lontana da London Bridge.

68. L'ora nona è anche significativa in relazione alla passione di Cristo.

69-70. Stetson è nome di un cappello militare, e vale a identificare un reduce da qualche guerra, in particolare dalla battaglia di Milazzo che nel 260 a.C. i Romani combatterono contro i Cartaginesi. Allusione alla reincarnazione? Oppure unificazione dei piani temporali in una sorta di *œvum* acronico e metastorico (la relativizzazione del tempo tipica del "metodo mitico", secondo Serpieri TD 83 n. 29)? O, ancora, e inoltre, critica dell'Homo Necans?

74. Nell'opera di Webster (V, 4), a cui Eliot rinvia, si veda il lamento funebre di Cornelia sul corpo del figlio:

But keepe the wolfe far hence, that's foe to men
For with his nailes hee'l dig them up agen.

Il cadavere sepolto in giardino rimanda al seppellimento simbolico dell'immagine del dio nei riti di fertilità. Il Cane può indicare la stella Sirio, che fa parte del Cane Maggiore, e annuncia il ritorno della primavera con le sue piogge rigeneratrici; oppure è immagine di una componente naturale e ingenua della psiche umana, la sola che potrebbe far risorgere il dio della vita, sepolto sotto il peso delle più spietate regole della storia (la guerra per interessi economici: cfr. Melchionda TD 48, nota al v. 70).

76. La citazione del verso di Baudelaire coinvolge — nella scena mitica del poemetto — il lettore stesso, dominato dall'*Ennui* e dall'alienazione, che ostacolano il processo di rinascita del dio e dell'umanità.

II *Una partita a scacchi*

Titolo: cfr. Thomas Middleton, *Women Beware Women* II, 2; le mosse di una partita a scacchi tra la suocera di Bianca e la mezzana Livia accompagnano le mosse di seduzione da parte del duca nei confronti della fanciulla virtuosa.

"Protagonista della sezione è l'eros difficile e nevrotico dell'alta borghesia e quello banalizzato e *routinier* del proletariato, all'insegna interclassista dell'incomunicabilità, sotto la metafora tradizionale della 'partita a scacchi', che accomuna ogni genere di operazione, di atto relativo alla sfera del sesso, nel quadro di un comportamento sociale rigidamente definito" (Melchionda TD 51). Per il primo tipo di eros, cfr. vv. 77-138; per l'altro, cfr. vv. 139-172. "Da un punto di vista stilistico, è da notare che mentre il tono dominante della Parte I è biblico, e poi dantesco e baudelairiano, qui, nella prima sezione, è elisabettiano e, più specificamente, shakespeariano (spesso in chiave parodica)" (Serpieri TD 86-87, n. 1).

77. L'*incipit* della sezione coincide con l'inizio della descrizione del primo incontro tra Antonio e Cleopatra, per bocca di Enobarbo:

> The barge she sat in, like a burnish'd throne,
> Burn'd on the water...

Per i numerosi echi intertestuali, da Shakespeare (*Antony and Cleopatra, The Tempest, Cymbeline*), Keats (*Lamia*), Milton (*Paradise Lost*), Swinburne, cfr. Serpieri TD 88, n. 4.

98. La scena silvana è l'Eden che si rivela per la prima volta agli occhi di Satana.

99. Filomela fu violentata dal marito di sua sorella, Tereo, che le tagliò la lingua perché non parlasse; infine venne tramutata in usignolo (o, secondo altre versioni, in rondine). È il *tópos* della bellezza oltraggiata. Ma anche del riscatto finale, in sintonia con la trama di morte-resurrezione che attraversa l'intero poema.

103. Non sarei troppo sicuro che "Jug Jug" sia un "riferimento onomatopeico osceno all'atto sessuale" (Serpieri TD 89, n. 9). Cfr. nota a vv. 203-206.

118. Eliot cita da *The Devil's Law Case* 3, 2, e sono le parole di un medico che ode un lamento proveniente da una stanza dove giace un uomo che egli crede morto. Melchionda TD 55 informa che Eliot negava alla fonte da lui citata "qualsiasi rilevanza ai fini del significato del passo".

125. Cfr. v. 48.

126. Il v. 126 rimanda all'intera scena del giardino dei giacinti (vv. 35-41).

128. Rag (ragtime) era un tipo di jazz, e O O O O allude al ritmo sincopato, come anche l'alterazione dell'aggettivo, con epentesi di *he* (cfr. Serpieri TD 92, n. 16). Il tono è parodistico.

138. In realtà il riferimento di Eliot riguarda il v. 137.

141. È l'invito del gestore di un pub agli avventori quando è ora di chiudere, ma qui vale a introdurre (attraverso la quintuplice iterazione, cfr. vv. 152, 165, 168, 169 e sgg.) un'ansia e una fretta di mutamento, di trasformazione radicale.

172. In *Hamlet* IV, 5 sono le ultime parole di Ofelia impazzita, prima della sua morte per acqua.

III *Il Sermone del Fuoco*

Titolo: cfr. nota di Eliot al v. 308. Il *Sermone del Fuoco* è un invito alla purificazione delle passioni.

173. "Tenda del fiume" può indicare "il tunnel di foglie che s'intreccia sulle rive rigogliose del Tamigi", ma "in un preciso parallelo biblico (*Isaia* 33, 20-21), la 'tenda' o 'tabernacolo' è metafora della protezione accordata dal dio d'Israele al suo popolo" (Melchionda TD 61).

182. Cfr. *Salmi*, 137, 1: "By the rivers of Babylon, there we sat down, yea, we wept, when we remembered Zion".

185. Cfr. la poesia *To His Coy Mistress* (si veda il rinvio esplicito a essa da parte di Eliot al v. 196):
> But at my back I always hear
> Time's winged chariot hurrying near.

192. Sono i versi 388-390 del testo di Shakespeare a cui Eliot rinvia. Ferdinando, mentre pensa alla morte del padre, sente il canto di Ariele:
> Sitting on a bank,
> Weeping again the King my father's wreck,
> This music crept by me upon the waters...

197-198. "Al posto di Atteone e Diana appaiono Sweeney, il personaggio scimmiesco di alcune poesie incluse nei *Poems* 1920 [...], e Mrs. Porter. Solo nel segno della volgarità animalesca sembra poter continuare la vita 'in primavera'" (Serpieri TD 99, n. 10).

199. Si tratta di una ballata popolare oscena, in cui una prostituta si lava i genitali.

202. Nel sonetto di Verlaine, da *Amour*, il cavaliere puro resiste alle tentazioni della lussuria, perché sia risanato il Re Pescatore. A questo punto ode le voci dei fanciulli.

203-206. Cfr. vv. 99 e 102-103. Cfr. John Lyly, *Alexander and Campaspe*:
> Oh, 'tis the ravished nightingale,
> Jug, jug, jug, jug, tereu! she cries.

207. Cfr. v. 60.

209. Mr. Eugenides — che rivolge un invito omosessuale — coincide (cfr. nota di Eliot al v. 218) con il mercante orbo da un occhio di v. 52 (cfr. nostra nota ai vv. 43-59) e con il Marinaio Fenicio, di cui (secondo Serpieri TD 101-102, n. 15) è "il moderno esemplare degradato".

218. Su Tiresia come centro unificatore del poemetto, cfr. la nota di Eliot a questo verso. "L'unica vera alternativa alla

veggenza sconsolata di Tiresia è metafisica: è il messaggio di Buddha e Agostino, alla fine di questa parte, e di Cristo, nella parte V" (Serpieri TD 103, n. 16).

253. Nel romanzo di Goldsmith, così canta Olivia· nel luogo in cui era stata sedotta:

When lovely woman stoops to folly
And finds too late that men betray
What charm can soothe her melancholy,
What art can wash her guilt away?

257. Eliot rinvia ai suoi vv. 191-192. Cfr. nostra nota *ad locum*.

279. Leicester era il Conte favorito della regina; De Quadra un vescovo, con funzioni di ambasciatore di Spagna in Inghilterra.

293. Highbury è un quartiere a nord della City; Richmond e Kew sono località turistiche nei pressi del Tamigi.

296. Moorgate era un quartiere a est della City.

300. Qui, alla foce del Tamigi, Eliot iniziò a scrivere *The Waste Land*.

IV *La morte per acqua*

È la versione rielaborata di "Dans le Restaurant", poesia in francese, dai *Poems* (1920), in particolare la parte finale, condotta secondo il modello dell'epigramma alessandrino. La morte per acqua di Phlebas è atto rituale di morte e rigenerazione, attraverso una discesa nell'abisso dell'interiorità che implica una rinuncia ai valori della civiltà degradata. Dopo la catarsi mistica degli ultimi versi della sezione III, segna il passaggio a una poetica della rigenerazione, che culmina nel finale del poema. Si veda, su Phlebas, la nota di Eliot al v. 218 e le nostre ai vv. 43-59 e 209.

V *Ciò che il tuono disse*

Titolo: cfr. la nota di Eliot al verso 401, che rimanda a *Bṛhād-aranyaka-upaniṣad* 5, 2. Per una visione d'insieme della sezione, cfr. la sua nota *extra ordinem*, p. 68.

322-330. "Molte immagini richiamano particolari della Passione narrati dagli Evangelisti. Ma, osserva Matthiessen, qui come altrove Eliot comprime 'in un solo momento il ricordo e l'identità di altri momenti': così, l'agonia in luoghi petrosi non è solo la preghiera sul Monte degli Ulivi ma la veglia dei cavalieri del Graal; il dio morto non è solo Cristo, ma Adone, Attis, Osiride; e i personaggi (*we*, v. 329) non sono solo i discepoli che lamentano la morte del Maestro, ma le lamentatrici dei riti della fecondità (... e gli abitanti della Terra Desolata privati della benefica pioggia della Grazia)" (Melchionda TD 78).

331-358. Viaggio in un paesaggio desertico, alla ricerca dell'acqua rigeneratrice.

362. Cfr. anche *Luca* 24,13-31: durante il viaggio a Emmaus, non riconosciuto, Cristo risorto si avvicina ai discepoli.

366-376. Eliot, citando Hesse, intende riferirsi alla rivoluzione russa. "Murmur of maternal lamentation" indica la lamentazione rituale per la morte di Cristo, o di dèi della fertilità, come Attis.

379. Reminiscenza da *Dracula* di Bram Stoker, o da *Inferno* di Bosch?

384. Cfr. *Geremia* 2,13: "For my people have committed two evils; they have forsaken me the fountain of living waters, and hewed them out cisterns, broken cisterns, that can hold no water".

387-388. La cappella vuota è la Cappella del Periglio, che "riserbava al cavaliere del Graal le ultime, più dure prove; e si è osservato che la 'prova' più dura di tutto il poema Eliot l'affronta proprio qui, con la tentazione dello svuotamento (si badi alla serie *empty cisterns / decayed hole / tumbled graves / empty chapel*) di ogni esperienza religiosa, di ogni mito, della perdita di significato del sacro in un mondo completamente laicizzato" (Melchionda TD 81).

392. Il gallo con il suo verso (in portoghese?) fuga i fantasmi del vuoto, e il suo canto si associa al lampo portatore di pioggia-rinascita.

395. "Al Tamigi della parte I e III si sostituisce qui il Gange come scenario canonico del discorso del tuono. La conclusione in questa chiave sembrerebbe indicare che la possibilità di un

messaggio metafisico poggi sulla tradizione religiosa orientale, piuttosto che su quella cristiana" (Serpieri TD 121, n. 12).

400-422. Vale la pena di riportare il testo di *Bṛhād-araṇya-ka-upaniṣad* 5, 2, nella versione di Pio Filippani Ronconi:

1. La triplice progenie di Prajāpati, i Deva, gli uomini e gli Asura, compivano il loro noviziato presso Prajāpati, loro padre. Finito il tirocinio, i Deva gli chiesero: "Signore, parlaci". Allora egli disse loro la sillaba "da", aggiungendo: "Avete compreso?". Essi risposero: "L'abbiamo compresa, tu ci hai detto: 'domatevi' (*dāmyata*)". "Proprio così," egli disse: "l'avete compresa."

2. Gli uomini allora gli dissero: "Parlaci, o Signore". Ed egli disse loro la medesima sillaba "da", aggiungendo: "Mi avete compreso?". Essi risposero: "Ti abbiamo compreso. Tu ci hai detto 'date' (*datta*). "Proprio così," egli disse: "voi mi avete compreso."

3. Gli Asura allora gli dissero: "Parlaci, o Signore". A loro egli disse la medesima sillaba "da", aggiungendo: "Avete compreso?". "Noi abbiamo compreso," risposero, "tu ci hai detto: 'siate compassionevoli' (*dayadhvam*)." "Proprio così," disse egli: "voi avete compreso." È proprio questo ciò che il tuono, la voce divina (*daivī vāg*), ripete: "*da, da, da*", cioè: "dominatevi, date, siate compassionevoli". Questi sono i tre precetti che bisogna insegnare: il dominio di sé (*dama*), l'elemosina (*dāna*), la compassione (*dayā*).

Diversamente da Serpieri, credo che Eliot, piuttosto che esprimere rammarico — nei vv. 401-409, "meditazione" sul *Datta* (dare) — per l'"impossibilità di trasmettere, nell'arco della vita e perfino nella memoria che si tramanda, il senso più profondo — emotivo, inquietante e non registrabile — della propria esistenza" (Serpieri TD 122, n. 15), esalti "l'ardimento terribile di un attimo di abbandono", cioè il dare, l'amore che nasce dal profondo, rompendo gli sterili schemi della convenienza sociale. Nella seconda "meditazione" (vv. 410-416), su *Dayadhvam* (compatire), Eliot formula una lucida diagnosi sull'isolamento delle coscienze (si veda la sua citazione da Bradley, in nota al v. 411) e, attraverso la passione di Coriolano, sembra voler indicare in una crisi dell'orgoglio e dell'egoismo la via d'uscita da tale chiusura e solitudine. La terza "meditazione", su *Dāmyata* (controllare), cioè sulla pratica del dominio delle passioni (cfr. nota di Eliot al v. 309, e il finale della sezione III), suona come preludio alla evocazione finale della pace (*Shantih*), attraverso le immagini della barca che si lascia guidare docilmente sul mare calmo, e del cuore che risponde all'amore.

424. Opportunamente Serpieri TD 124, n. 19, osserva che adesso il luogo dell'aridità è alle spalle del Re Pescatore.

425. Cfr. *Isaia* 38, 1, dove il profeta invita Ezechia a mettere ordine nella sua casa, prima di morire.

426. È un ritornello di una canzone per bambini.

427. Arnaut Daniel mette in guardia Dante contro il peccato della lussuria. Ascetismo, aura purgatoriale.

429. Così si inizia il sonetto:

Je suis le ténébreux, — le veuf, — l'inconsolé,
Le Prince d'Aquitaine à la tour abolie...

Allusione alla condizione di incertezza e melanconia che accompagna il venir meno di un'identità ormai consumata, condizione necessaria per la rinascita.

430. I "frammenti" sono il poema stesso, che rivela la sua natura "terapeutica" nei confronti della crisi che attraversa l'uomo del Novecento. C'è anche una lucida coscienza dei limiti inerenti a questa operazione.

431. "Bene, vi assegnerò io le parti", oppure "Bene, vi sistemerò io". Così Geronimo, impazzito in seguito alla morte del fi-

glio, risponde a Balthazar e a Lorenzo che gli chiedono di allestire uno spettacolo di intrattenimento per il suo nemico. Durante la recita, gli assassini del figlio verranno uccisi. È difficile contestualizzare questa citazione nell'ambito del poema. Sembrerebbe un estremo sussulto di passioni, un traboccamento emozionale all'insegna di una qualche teodicea (personale? politica?), prima del ritorno definitivo della pace, nella compiuta rinascita.

433. L'ossimorico viaggio nel profondo dell'anima individuale e collettiva è compiuto, ed Eliot rivela l'indole rituale del poema.

QUATTRO QUARTETTI

Introduzione
di Angelo Tonelli

Mistica è la musica dei *Four Quartets*. Qui Eliot parla dal cuore del cosmo, luogo segreto dello spirito in cui il tempo e lo spazio ordinari vengono sospesi e trascesi, e gli oggetti innumerevoli che popolano la memoria e la vita sembrano dissolvere i propri contorni, per scivolare l'uno attraverso l'altro verso il centro a-topico e a-cronico che ne costituisce la sorgente nascosta, a un tempo Origine trascendente e immanente filigrana generativa.

E proprio questa postazione eccezionale – che Eliot recuperò a più riprese, nell'arco di sei anni, dal 1937 al 1942 – gli consente l'articolazione di un ritmo unitario e costante, in cui l'alternanza di rievocazione e meditazione, preghiera e *reverie*, slancio metafisico e rappresentazione disincantata della condizione umana, piuttosto che suscitare la sensazione di una lacerante polarità diventa luogo di unificazione dinamica degli opposti.

Quasi ovattato in un'eco lenta, il Verbo di Eliot si sgrana come se dipartisse da una sorta di nucleo pleromatico – e il ricorso a questa, gnostica, terminologia, non è casuale, ma allude allo gnosticissimo, e dunque anche orfico, πάθος *della distanza* che attraversa il poema – ove tutto il vissuto e il vivibile "s'inconca e s'incaverna", condensato in un tempo e in uno spazio "altri", per poi traboccare via, offrendosi all'ascolto degli umani quale invito all'ulteriorità.

E questa – forse malgrado Eliot stesso, ma non si dimentichi che spesso Eliot fu posseduto da un se stesso ben più profondo e illuminato di lui, – non è soltanto letteratura: è sapienza, e sapienziale – come dichiara, *in limine*, la duplice epigrafe eraclitea – è la poesia dei *Four Quartets*.

Tale, mistico, movimento della Parola[1] che si addipana attraverso la trama del tempo, passato e futuro condensandosi in un eterno presente metafisico, da Suono primordiale si fa *espressione*, diventando – come non pensare ai Pitagorici? – *musica*. E musicale, come già segnala il titolo stesso, è l'intera struttura del poema.[2]

L'estrema complessità del simbolismo eliotiano ruota intorno a una quadripartizione fondamentale in stagioni ed elementi:

> BURNT NORTON: primavera, aria
> EAST COKER: estate, terra
> THE DRY SALVAGES: autunno, acqua
> LITTLE GIDDING: inverno, fuoco.

E tale quadripartizione ritma la scansione dell'Uno a-cronico e a-topico dalla sua ascosa ipseità (Dio) fino all'espansione manifestante (il cosmo, con gli elementi che lo compongono, e le stagioni).

Ché in ciò consiste l'ambizione del misticismo eliotiano: costruire attraverso la parola uno spettro di totalità che re-

[1] Cfr. le riflessioni sulla Parola, la sua relazione con il tempo, con la musica, con il silenzio e la forma, e sul limite della parola, in BN 5 1 ss.; e ancora sul limite della parola poetica in EC 5 172 ss.; e la sua forza, se è *parola con misura*, in LG 5 216 ss.

[2] A. Brilli, in Donini Qq XXII-XXIII, così magistralmente sintetizza: "La partizione *in* 'quattro quartetti' corrisponde a quattro toponimi della biografia di Eliot rivisitata dalla memoria; essa corrisponde anche alla divisione in stagioni, a partire da *Burnt Norton* che è la primavera; allo stesso tempo ogni 'quartetto' è uno degli elementi naturali (*Burnt Norton* l'aria, *East Coker* la terra, *The Dry Salvages* l'acqua, *Little Gidding* il fuoco). A tale impianto simbolico-naturalistico andranno di volta in volta aggiunti riferimenti simbolici sul piano delle virtù cardinali e teologali [...] Si potrebbe notare, come ha indicato il Serpieri, che la circolarità è un elemento comune dei simboli centrali dei quartetti: la giara cinese nel primo, la danza dei morti nel secondo, nel terzo il giro della boa e nel quarto la rosa mistica. Questa circolarità investe di sé il linguaggio, non solo in senso musicale, come ritorno e variazione tematica, bensì in senso semantico. Basti pensare al motto di Mary Stuart: 'in my beginning is my end' rovesciato, in chiusura del terzo quartetto, in 'in my end is my beginning'. Mentre nel verso di apertura del quartetto la 'fine' consustanziale al 'principio' stava a indicare l'ineluttabile presenza della morte nella vita; in quello di chiusura la morte, in senso cristiano, diventa rinascita e quindi 'principio'. Al riferimento iconico della circolarità corrisponde dunque il modello reiterato della coincidenza degli opposti".

stituisca, proprio grazie alla frammentazione e alla dispersione nel molteplice declinarsi dei *nomi*, l'unità del Verbo-Suono originario. In questo *itinerarium mentis in deum* gli si offrono come compagni di viaggio[3] Dante e San Giovanni della Croce, e come guide Eraclito, Cristo e Krishna, campioni della spiritualità d'Occidente e d'Oriente.[4]

Sapienza e poesia, vita e distanza dalla vita si intrecciano come assai di rado accadrà ancora nella poesia del Novecento. Anche le parole che dicono vissutezze o evocano ricordi sono quasi guardate essere, da una postazione interna al mondo e lontana dal mondo al tempo stesso.

Ma il messaggio di trasformazione, attraverso un processo di morte e rinascita, racchiuso nella *Waste Land*, e sigillato nelle parole di Buddha e Sant'Agostino, non è abbandonato. Soltanto, è cresciuto il πάθος del distacco, le emozioni sono meno vivide e graffianti, la vita è un po' più sorella della morte.

Ed è proprio questa ardua via, la via della contemplazione e del distacco da se stessi – senza rinunciare alla bellezza e alla gioia del dionisiaco – l'unica via di salvezza che si offre all'uomo di fine Millennio, che troppo egoistiche ambizioni moderne e troppo arcaici odi e inconsapevolezze altrimenti condannano a una prossima inesorabile fine.

Avvertenza

Per i *Four Quartets* fondamentale è l'edizione italiana a cura di Donini, con l'ottima introduzione di Brilli (Donini Qq,) di cui mi sono avvalso. All'introduzione di Brilli rinvio dunque il lettore che desideri un approccio storico-letterario al testo. Qui si è preferito enunciare un taglio interpretativo, e proporre una traduzione che unisca il massimo possibile di aderenza al testo originale con un lettura ritmica efficace e innovativa.

[3] Per la metafora del viaggio, cfr. DS 3 132 ss.
[4] Per Dante, cfr. BN 1 23; EC 2 89; 5 1; DS 3 153; 3 167; 4 177-178; LG 2 78; 2 91; 2 94; 2 98; 2 145; 5 259.
Per San Giovanni della Croce, cfr. BN 5 160; EC 3 123; 3 136-143; 4 147; 5 206-207.
Per Cristo, cfr. EC 4 147 ss.
Per Krishna, cfr. DS 3 124 ss.; 153 ss.; 158 ss.
Per Eraclito, cfr. epigrafi, p. 91; BN 3 123; EC 3 145-157; 5 186-187; DS 3 129; LG 2 54-77.

Sigle e abbreviazioni

BN: *Burnt Norton.*
DK: H. Diels, *Die Fragmente der Vorsokratiker* (a cura di W. Kranz a partire dalla 5ª ed.) 3 voll., Berlin 1971[15].
Donini Qq: a cura di F. Donini, con introduzione di A. Brilli, *Quattro Quartetti*, Milano 1982.
DS: *The Dry Salvages.*
EC: *East Coker.*
Gardner AE: H. Gardner, *The Art of T.S. Eliot*, London 1949.
Hayward Qq: J. Hayward, *Quatre Quatuors* in collaborazione con P. Leyris, Paris 1950.
LG: *Little Gidding*
Matthiessen AE: F.O. Matthiessen, *The Achievement of T.S. Eliot*, Oxford 1958.
Sweeney LGIR: J.J. Sweeney, *Little Gidding: Introduction to a Reading*, Poetry LXII 4, Chicago 1943.
Tonelli E: a cura di A. Tonelli, *Eraclito, Dell'Origine*, Milano 1993.
TSE FR: T.S. Eliot, *Family Reunion*, London 1939.
TSE WL: T.S. Eliot, *The Waste Land*, London 1926.

Bibliografia essenziale

B. Bergonzi, *Four Quartets*, London 1969.

H. Blanires, *Word unheard: a Guide Through Eliot* Four Quartets, London 1969.

C.A. Bodelsen, *T.S. Eliot* Four Quartets, Copenaghen 1958.

R.L. Brett, *Reason and Imagination*, Oxford 1960.

E. Cecchi, traduzione di *East Coker*, in "Poesia" 1945.

F. Donini, *Quattro quartetti*, Milano 1959.

D. Donoghue, *T.S. Eliot: a New Reading*, in "Studies", London 1965.

H. Gardner, *The Composition of* Four Quartets, London 1978.

H. Howarth, *Notes on Some Figures Behind T.S. Eliot*, London 1965.

H. Kenner, *The Invisible Poet*, London 1959.

R. MacCallum, *Time lost and regained: The Theme of Eliot's Quartets*, Toronto 1953.

M. Pagnini, *La musicalità dei* Quattro Quartetti *di Eliot*, in "Belfagor", Torino 1958.

R. Preston, *Four Quartets rehearsed*, London 1946.

FOUR QUARTETS
QUATTRO QUARTETTI

τοῦ λόγου δ'ἐόντος ξυνοῦ ζώουσιν οἱ
πολλοὶ ὡς ἰδίαν ἔχοντες φρόνησιν

Ma benché il *lógos* sia comune, i
più vivono come se avessero una
sapienza loro propria

ERACLITO, fr. 22 [B 2] DK

ὁδὸς ἄνω κάτω μιᾶ καὶ ὡυτή

Via in alto via in basso una sola la
medesima

ERACLITO, fr. 22 [B 60] DK

I wish to acknowledge my obligation to friends for their criticism, and particularly to Mr John Hayward for improvements of phrase and construction.

Desidero riconoscere il mio debito nei confronti degli amici per le loro critiche, e in particolare nei confronti di *John Hayward* per i miglioramenti alla lingua e alla sintassi.

Burnt Norton

I

Time present and time past
Are both perhaps present in time future,
And time future contained in time past.
If all time is eternally present
All time is unredeemable.
What might have been is an abstraction
Remaining a perpetual possibility
Only in a world of speculation.
What might have been and what has been
10   Point to one end, which is always present.
Footfalls echo in the memory
Down the passage which we did not take
Towards the door we never opened
Into the rose-garden. My words echo
Thus, in your mind.
                  But to what purpose
Disturbing the dust on a bowl of rose-leaves
I do not know.
            Other echoes
Inhabit the garden. Shall we follow?
Quick, said the bird, find them, find them,
20   Round the corner. Through the first gate,
Into our first world, shall we follow

I

Tempo presente e tempo passato
sono forse entrambi presenti
nel tempo futuro e il tempo futuro
è contenuto nel tempo passato. Se tutto il tempo
è eternamente presente
tutto il tempo è irredimibile.
Ciò che avrebbe potuto essere
è astrazione che rimane
possibilità perpetua
solo nel mondo della speculazione.
Ciò che avrebbe potuto essere e ciò che è stato
mirano a un solo fine
che è sempre presente. Eco
di passi nella memoria giù per il corridoio
che non prendemmo verso la porta
che non aprimmo mai
nel giardino delle rose. Eco
delle mie parole, così, nella vostra mente.
                                        Ma a che fine
disturbando la polvere su una coppa di foglie
io non so.
            Altri echi
abitano nel giardino. Li seguiremo
noi? Presto, disse l'uccello, trovàteli
trovàteli girato l'angolo. Attraverso
il primo cancello, nel nostro primo
mondo, seguiremo noi
l'inganno del tordo? Nel nostro primo
mondo. Là essi erano, dignitosi

The deception of the thrush? Into our first world.
There they were, dignified, invisible,
Moving without pressure, over the dead leaves,
In the autumn heat, through the vibrant air,
And the bird called, in response to
The unheard music hidden in the shrubbery,
And the unseen eyebeam crossed, for the roses
Had the look of flowers that are looked at.
30 There they were as our guests, accepted and accepting.
So we moved, and they, in a formal pattern,
Along the empty alley, into the box circle,
To look down into the drained pool.
Dry the pool, dry concrete, brown edged,
And the pool was filled with water out of sunlight,
And the lotos rose, quietly, quietly,
The surface glittered out of heart of light,
And they were behind us, reflected in the pool.
Then a cloud passed, and the pool was empty.
40 Go, said the bird, for the leaves were full of children,
Hidden excitedly, containing laughter.
Go, go, go, said the bird: human kind
Cannot bear very much reality.
Time past and time future
What might have been and what has been
Point to one end, which is always present.

II

Garlic and sapphires in the mud
Clot the bedded axle-tree.
The trilling wire in the blood
50 Sings below inveterate scars
Appeasing long forgotten wars.
The dance along the artery
The circulation of the lymph
Are figured in the drift of stars

invisibili, muovendosi senza schiacciarle
sulle foglie morte nel caldo
autunnale, attraverso l'aria vibrante
e l'uccello chiamò rispondendo
alla non udita musica nascosta
nel folto e lo sguardo
non visto passò attraverso, perché le rose
avevan l'aspetto di fiori
che sono guardati. Là
essi erano, come nostri ospiti
accettati, accettanti. Così ci muovemmo
noi e loro cerimoniosamente
lungo il viale vuoto, entrò il rondò
di bosso a guardare giù
nello stagno prosciugato. Secco
lo stagno secco cemento orlato
di bruno e lo stagno si colmò d'acqua
alla luce del sole e i fiori di loto
sorsero piano piano la superficie
scintillò al cuore di luce ed essi
furono dietro di noi riflessi nel laghetto. Poi
passò una nuvola e il laghetto
fu vuoto. Via, disse l'uccello
perché le foglie erano piene di bambini
nascosti con eccitazione, trattenuto il riso. Via
via, via, disse l'uccello: il genere umano
non può reggere troppa realtà. Il tempo
passato e il tempo futuro, ciò
che avrebbe potuto essere e ciò che è stato
mirano a un solo fine, che è sempre presente.

II

Aglio e zaffiri nel fango
si aggrumano sul mozzo confitto.
Il filo vibrante nel sangue
canta sotto antiche ferite
pacificando guerre a lungo
dimenticate. La danza lungo l'arteria
la circolazione della linfa
prendono figura nel moto delle stelle

Ascend to summer in the tree
We move above the moving tree
In light upon the figured leaf
And hear upon the sodden floor
Below, the boarhound and the boar
Pursue their pattern as before
But reconciled among the stars.
At the still point of the turning world. Neither flesh nor fleshless;
Neither from nor towards; at the still point, there the dance is,
But neither arrest nor movement. And do not call it fixity,
Where past and future are gathered. Neither movement from
        nor towards,
Neither ascent nor decline. Except for the point, the still point,
There would be no dance, and there is only the dance.
I can only say, *there* we have been: but I cannot say where.
And I cannot say, how long, for that is to place it in time.
The inner freedom from the practical desire,
The release from action and suffering, release from the inner
And the outer compulsion, yet surrounded
By a grace of sense, a white light still and moving,
Erhebung without motion, concentration
Without elimination, both a new world
And the old made explicit, understood
In the completion of its partial ecstasy,
The resolution of its partial horror.
Yet the enchainment of past and future
Woven in the weakness of the changing body,
Protects mankind from heaven and damnation
Which flesh cannot endure.
                            Time past and time future
Allow but a little consciousness.
To be conscious is not to be in time
But only in time can the moment in the rose-garden,

ascendono all'estate nell'albero. Noi
muoviamo al di sopra dell'albero
in movimento, nella luce sopra le foglie
istoriate e udiamo sul suolo bagnato
là sotto, il veltro e il cinghiale
reiterare la trama di sempre
ma riconciliati tra gli astri.

Al punto fermo del mondo
rotante. Non corporeo
né incorporeo; non da
né verso; al punto fermo
là è danza, ma non arresto
né movimento. E non chiamatelo fissità,
il luogo dove passato e futuro
sono uniti. Non movimento da né
verso, non ascesa
né declino. Fuorché per il punto
il punto fermo, non ci sarebbe danza
e c'è solo la danza. Posso soltanto dire
là noi siamo stati: ma non so dire dove.
E non so dire per quanto tempo, perché questo
è collocarlo nel tempo. L'intima libertà
dal desiderio pratico, liberazione
da azione e sofferenza, liberazione
dall'impulso interno
e dall'esterno, anche se li circonda
grazia di senso, una luce bianca
ferma e in movimento. *Erhebung*
senza moto, concentrazione
senza eliminazione, un mondo nuovo
e il vecchio fatto esplicito, capito
nella completezza della sua estasi parziale
nella risoluzione del suo parziale errore. Eppure
la concentrazione di passato e futuro
intrecciati nella debolezza del corpo che cambia
protegge la razza umana dal cielo
e dalla dannazione che la carne non può sopportare.
       Tempo passato e tempo futuro
consentono solo scarsa consapevolezza.
Essere consapevoli è non essere nel tempo
ma solo nel tempo il momento
nel giardino delle rose, il momento

The moment in the arbour where the rain beat,
The moment in the draughty church at smokefall
Be remembered; involved with past and future.
Only through time time is conquered.

III

90 Here is a place of disaffection
Time before and time after
In a dim light: neither daylight
Investing form with lucid stillness

Turning shadow into transient beauty
With slow rotation suggesting permanence
Nor darkness to purify the soul
Emptying the sensual with deprivation
Cleansing affection from the temporal.
Neither plenitude nor vacancy. Only a flicker
100 Over the strained time-ridden faces
Distracted from distraction by distraction
Filled with fancies and empty of meaning
Tumid apathy with no concentration
Men and bits of paper, whirled by the cold wind
That blows before and after time,
Wind in and out of unwholesome lungs
Time before and time after.
Eructation of unhealthy souls
Into the faded air, the torpid
110 Driven on the wind that sweeps the gloomy hills of London,
Hampstead and Clerkenwell, Campden and Putney,
Highgate, Primrose and Ludgate. Not here
Not here the darkness, in this twittering world.

nel pergolato dove batte la pioggia, il momento
nella chiesa che l'aria attraversa quando il fumo ristagna
possono essere ricordati; mescolàti
a passato e futuro. Solo attraverso il tempo
si conquista il tempo.

                              III

Questo è luogo
di disaffezione, tempo di prima
e tempo di poi, in una luce
fioca: non la luce del giorno
che investe la forma
di lucida quiete volgendo l'ombra
in bellezza che passa
con lenta rotazione suggerendo
permanenza, né tenebra
a purificare l'anima svuotando
ciò che è sensuale con la deprivazione, ripulendo
l'affetto da ciò che è temporale. Non
pienezza né vuoto. Solo un fremito di luce
sui volti tesi tormentati
dal tempo, distratti
per distrazione dalla distrazione
pieni di illusioni e vuoti
di significato, tumide apatie
senza concentrazione, uomini
e pezzi di carta mulinati
via dal vento freddo che soffia
prima e dopo il tempo, vento
che entra ed esce da polmoni
malati tempo prima
e tempo dopo. Eruttazione d'anime
malsane nell'aria scolorita, gli ignavi
guidati dal vento che spazza
le cupe colline di Londra. Hampstead
e Clerkenwell, Campden e Putney
Highgate, Primrose e Ludgate. Non qui
non qui il buio, in questo mondo
che cinguetta.

Descend lower, descend only
Into the world of perpetual solitude,
World not world, but that which is not world,
Internal darkness, deprivation
And destitution of all property,
Desiccation of the world of sense,
120   Evacuation of the world of fancy,
Inoperancy of the world of spirit;
This is the one way, and the other
Is the same, not in movement
But abstention from movement; while the world moves
In appetency, on its metalled ways
Of time past and time future.

IV

Time and the bell have buried the day,
The black cloud carries the sun away.
Will the sunflower turn to us, will the clematis
130   Stray down, bend to us; tendril and spray
Clutch and cling?
Chill
Fingers of yew be curled
Down on us? After the kingfisher's wing
Has answered light to light, and is silent, the light is still
At the still point of the turning world.

V

Words move, music moves
Only in time; but that which is only living
Can only die. Words, after speech, reach
140   Into the silence. Only by the form, the pattern,

Scendi più giù, discendi
soltanto nel mondo della solitudine
perpetua, mondo,
non mondo, ma ciò che non è mondo
interiore tenebra, privazione
e spoliazione di ogni proprietà, disseccamento
del mondo del senso, evacuazione
del mondo della fantasia, inerzia
del mondo dello spirito; questa è una via e l'altra
è la stessa, non nel movimento
ma astensione dal movimento; mentre il mondo muove
in desiderio, sulle sue vie massicciate
di tempo passato e di tempo futuro.

IV

Il tempo e la campana
hanno seppellito il giorno
la nuvola nera
si porta via il sole.
Si volgerà verso noi il girasole, scenderà
la clematide deviando, si incurverà
verso di noi? Viticci e frasche
stringeranno forte, aderiranno?
Gelide
dita di tasso
si avvolgeranno a spirale
giù, su di noi? Dopo che l'ala
del martin pescatore ha risposto
luce alla luce, ed è silenziosa,
la luce è ferma
al punto fermo del mondo che ruota.

V

Le parole si muovono, la musica si muove
solo nel tempo; ma ciò che soltanto vive
può soltanto morire. Le parole, dopo il discorso
giungono al silenzio. Soltanto
per mezzo della forma della

Can words or music reach
The stillness, as a Chinese jar still
Moves perpetually in its stillness.
Not the stillness of the violin, while the note lasts,
Not that only, but the co-existence,
Or say that the end precedes the beginning,
And the end and the beginning were always there
Before the beginning and after the end.
And all is always now. Words strain,
150   Crack and sometimes break, under the burden,
Under the tension, slip, slide, perish,
Decay with imprecision, will not stay in place,
Will not stay still. Shrieking voices
Scolding, mocking, or merely chattering,
Always assail them. The Word in the desert
Is most attacked by voices of temptation,
The crying shadow in the funeral dance,
The loud lament of the disconsolate chimera.

The detail of the pattern is movement,
160   As in the figure of the ten stairs.
Desire itself is movement
Not in itself desirable;
Love is itself unmoving,
Only the cause and end of movement,
Timeless, and undesiring
Except in the aspect of time
Caught in the form of limitation
Between un-being and being.
Sudden in a shaft of sunlight
170   Even while the dust moves
There rises the hidden laughter
Of children in the foliage
Quick now, here, now, always—
Ridiculous the waste sad time
Stretching before and after.

trama, possono parole e musica raggiungere
la quiete, come un vaso cinese ancora
perpetuamente si muove nella sua quiete.
Non la quiete del violino
finché dura la nota non
quella soltanto, ma la coesistenza o diciamo
che la fine precede il principio e la fine
e il principio erano sempre lì, prima
del principio e dopo
la fine. E tutto è sempre
ora. Le parole si tendono
si lacerano e talvolta si spezzano
sotto il peso, sotto la tensione incespicano
scivolano muoiono
imputridiscono per imprecisione non vogliono
stare al loro posto non vogliono
restare ferme. Voci stridenti
che rimproverano scherniscono o solamente
chiacchierano
sempre le assalgono. Il Verbo nel deserto
è soprattutto attaccato da voci di tentazione
ombra piangente nella danza funebre
alto lamento della chimera sconsolata.

Il dettaglio della trama è movimento
come nella figura delle dieci scale.
Desiderio stesso è movimento
per se stesso non desiderabile; amore
è per se stesso immobile, soltanto
causa e fine di movimento
senza tempo e senza desiderio
fuorché nell'aspetto del tempo
condensato in forma di limitazione
tra non essere ed essere. Improvviso
in un raggio di sole mentre ancora
la polvere muove ecco si leva
il riso nascosto
di bimbi tra le foglie, presto
ora qui ora sempre —
ridicolo il desolato triste
tempo che prima e dopo si distende.

East Coker

I

In my beginning is my end. In succession
Houses rise and fall, crumble, are extended,
Are removed, destroyed, restored, or in their place
Is an open field, or a factory, or a by-pass.
Old stone to new building, old timber to new fires,
Old fires to ashes, and ashes to the earth
Which is already flesh, fur and faeces,
Bone of man and beast, cornstalk and leaf.
Houses live and die: there is a time for building
10   And a time for living and for generation
And a time for the wind to break the loosened pane
And to shake the wainscot where the field-mouse trots
And to shake the tattered arras woven with a silent motto.

In my beginning is my end. Now the light falls
Across the open field, leaving the deep lane
Shuttered with branches, dark in the afternoon,
Where you lean against a bank while a van passes,
And the deep lane insists on the direction
Into the village, in the electric heat
20   Hypnotised. In a warm haze the sultry light
Is absorbed, not refracted, by grey stone.
The dahlias sleep in the empty silence.
Wait for the early owl.

I

Nel mio principio è la mia fine. Una dopo l'altra
case sorgono cadono crollano vengono
ampliate vengono
demolite distrutte restaurate o al loro posto
c'è un campo aperto o uno stabilimento o
una via di circonvallazione. Vecchia pietra
per costruzioni nuove vecchio legname
per nuovi fuochi, vecchi fuochi
per cenere e cenere
per terra che è carne e pelo
escrementi, ossa
di uomo e di bestia stelo di grano
e foglia. Case
vivono e muoiono: c'è un tempo per costruire
e un tempo per vivere e generare
e un tempo perché il vento infranga
il vetro sconnesso e scuota il rivestimento
di legno dove trotta il topo, e scuota
il logoro arazzo ricamato con un motto silenzioso.

Nel mio principio è la mia fine. Ora la luce
cade per il campo aperto, lasciando
la via incassata riparata dai rami, buia
nel pomeriggio dove ci si appoggia contro una sponda
mentre passa un carro e la via incassata
insiste nella sua direzione fin dentro al villaggio nel caldo
elettrico ipnotizzata. In una calda caligine
la luce afosa è assorbita, non rifratta
dalla pietra grigia. Le dalie
dormono nel silenzio vuoto. La civetta
non si farà attendere.

                    In that open field
If you do not come too close, if you do not come too close,
On a summer midnight, you can hear the music
Of the weak pipe and the little drum
And see them dancing around the bonfire
The association of man and woman
In daunsinge, signifying matrimonie—
30   A dignified and commodious sacrament.
Two and two, necessarye coniunction,
Holding eche other by the hand or the arm
Whiche betokeneth concorde. Round and round the fire
Leaping through the flames, or joined in circles,
Rustically solemn or in rustic laughter
Lifting heavy feet in clumsy shoes,
Earth feet, loam feet, lifted in country mirth
Mirth of those long since under earth
Nourishing the corn. Keeping time,
40   Keeping the rhythm in their dancing
As in their living in the living seasons
The time of the seasons and the constellations
The time of milking and the time of harvest
The time of the coupling of man and woman
And that of beasts. Feet rising and falling.
Eating and drinking. Dung and death.

Dawn points, and another day
Prepares for heat and silence. Out at sea the dawn wind
Wrinkles and slides. I am here
50   Or there, or elsewhere. In my beginning.

110

In quel campo aperto
se non venite troppo vicini, se non
venite troppo vicini, una mezzanotte d'estate
potrete udire la musica
del flauto sottile e del tamburo
piccolo e vederli danzare intorno al falò
l'associazione dell'uomo e della donna
in danza, quale di matrimonio è significazione,
   sacramento
degno e conveniente. A due
a due, congiunzione necessitata
tenendosi l'un l'altro per la mano o il braccio
che figura è di concordia. Giro a giro
al fuoco, balzando tra le fiamme
o uniti in circolo, rusticamente
solenni o in rustiche risate
alzando piedi pesanti in scarpe goffe, piedi
di terra piedi
di argilla alzati
in allegria campagnola, allegria
di quelli che da lungo tempo sotto terra
nutrono il grano. Attenti al tempo attenti
al ritmo della loro danza come a quello
del loro vivere nelle viventi stagioni
il tempo delle stagioni e delle costellazioni
il tempo della mungitura e il tempo del raccolto
il tempo della copula tra l'uomo e la donna
e quello delle bestie. Piedi che si alzano
e cadono. Mangiare
e bere. Letame
e morte.

Spunta l'alba, e un altro giorno
si prepara a calore e silenzio. Al largo
sul mare il vento dell'alba
increspa e scivola. Io sono
qui, o là, o
altrove. Nel mio principio.

II

What is the late November doing
With the disturbance of the spring
And creatures of the summer heat,
And snowdrops writhing under feet
And hollyhocks that aim too high
Red into grey and tumble down
Late roses filled with early snow?
Thunder rolled by the rolling stars
Simulates triumphal cars
60 Deployed in constellated wars
Scorpion fights against the Sun

Until the Sun and Moon go down
Comets weep and Leonids fly
Hunt the heavens and the plains
Whirled in a vortex that shall bring
The world to that destructive fire
Which burns before the ice-cap reigns.

That was a way of putting it—not very satisfactory:
A periphrastic study in a worn-out poetical fashion,
70 Leaving one still with the intolerable wrestle
With words and meanings. The poetry does not matter
It was not (to start again) what one had expected.
What was to be the value of the long looked forward to,
Long hoped for calm, the autumnal serenity
And the wisdom of age? Had they deceived us
Or deceived themselves, the quiet-voiced elders,
Bequeathing us merely a receipt for deceit?
The serenity only a deliberate hebetude,
The wisdom only the knowledge of dead secrets
80 Useless in the darkness into which they peered
Or from which they turned their eyes. There is, it seems to us,

II

Che cosa sta facendo
il tardo novembre con i turbamenti della primavera
e le creature della calura estiva, i bucaneve
calpestati e i malvoni
che si ergono troppo
di rosa in grigio e rovesciano giù
tardive rose piene di neve mattutina? Rotola il tuono
tra astri rotolanti e simula
carri in trionfo, dispiegati
in guerre stellari. Lo Scorpione combatte
contro il Sole finché Sole e Luna
non tramontano comete
lacrimano Leonidi
volano vanno a caccia
per cieli e piani
trascinati in un vortice
che porterà
il mondo a quel fuoco distruggitore
ardente prima che il ghiaccio regni.

Era un modo di presentare il fatto
non molto soddisfacente: un perifrastico
studio in una macchina poetica
obsoleta, che ancora una volta
ci abbandona alla lotta intollerabile
con le parole e i sensi. La poesia
non importa, non era (per ricominciare)
ciò che ci saremmo aspettati. Quale
doveva essere il valore della tanto attesa
tanto sperata calma, la serenità autunnale
e la saggezza dell'età? Avevano ingannato
noi o ingannato se stessi, gli antenati
dalla voce tranquilla lasciandoci
in eredità soltanto
una ricetta di inganni? La serenità
solo una deliberata ebetudine, la saggezza
solo conoscenza di segreti morti, senza
utilità nel buio che fissavano
o da cui volgevano via gli occhi. C'è, così
ci pare, nel migliore dei casi soltanto

At best, only a limited value
In the knowledge derived from experience.
The knowledge imposes a pattern, and falsifies,
For the pattern is new in every moment
And every moment is a new and shocking
Valuation of all we have been. We are only undeceived
Of that which, deceiving, could no longer harm.
In the middle, not only in the middle of the way
90   But all the way, in a dark wood, in a bramble,
On the edge of a grimpen, where is no secure foothold,
And menaced by monsters, fancy lights,
Risking enchantment. Do not let me hear
Of the wisdom of old men, but rather of their folly,
Their fear of fear and frenzy, their fear of possession,
Of belonging to another, or to others, or to God.
The only wisdom we can hope to acquire
Is the wisdom of humility: humility is endless.

The houses are all gone under the sea.

100   The dancers are all gone under the hill.

III

O dark dark dark. They all go into the dark,
The vacant interstellar spaces, the vacant into the vacant,
The captains, merchant bankers, eminent men of letters,
The generous patrons of art, the statesmen and the rulers,
Distinguished civil servants, chairmen of many committees,
Industrial lords and petty contractors, all go into the dark,

un valore limitato nella conoscenza
derivata dall'esperienza. La conoscenza
impone una trama, e falsifica perché la trama
è nuova a ogni momento e ogni momento
è una valutazione di tutto ciò che siamo stati,
nuova, sconcertante. Non siamo ingannati
soltanto da ciò che, ingannando,
non potrebbe più nuocerci. Nel mezzo
non solo nel mezzo della vita, ma
tutta la via nella selva
oscura, in un roveto, sull'orlo
di un pantano dove non è
saldo l'appoggio e c'è minaccia
di mostri, luci fantastiche, rischi
d'incantesimo. Non voglio sentir parlare
della saggezza dei vecchi, piuttosto
della loro follia, la loro
paura della paura e frenesia, la loro
paura della possessione, di appartenere
a un altro, o ad altri, o a Dio.
La sola saggezza che possiamo sperare di ottenere
è la saggezza dell'umiltà: l'umiltà
è senza confini.

Le case sono tutte andate sotto il mare.

I danzatori sono andati tutti sotto la collina.

III

O tenebra tenebra tenebra. Loro
tutti vanno nelle tenebre, nei vuoti
spazi interstellari, il vuoto
va nel vuoto, capitani, uomini
d'affari, eminenti letterati, generosi
patroni delle arti, uomini di stato
e governanti, insigni
funzionari, presidenti
di molti comitati, signori
dell'industria e piccoli
imprenditori, tutti vanno nelle tenebre, e tenebre

And dark the Sun and Moon, and the Almanach de Gotha
And the Stock Exchange Gazette, the Directory of Directors,
And cold the sense and lost the motive of action.
110   And we all go with them, into the silent funeral,
Nobody's funeral, for there is no one to bury.
I said to my soul, be still, and let the dark come upon you
Which shall be the darkness of God. As, in a theatre,
The lights are extinguished, for the scene to be changed
With a hollow rumble of wings, with a movement of darkness
    on darkness,
And we know that the hills and the trees, the distant panorama
And the bold imposing façade are all being rolled away—
Or as, when an underground train, in the tube, stops too long
    between stations
And the conversation rises and slowly fades into silence
120   And you see behind every face the mental emptiness deepen
Leaving only the growing terror of nothing to think about;
Or when, under ether, the mind is conscious but conscious
    of nothing—
I said to my soul, be still, and wait without hope
For hope would be hope for the wrong thing; wait without love
For love would be love of the wrong thing; there is yet faith
But the faith and the love and the hope are all in the waiting.
Wait without thought, for you are not ready for thought:
So the darkness shall be the light, and the stillness the dancing.
Whisper of running streams, and winter lightning.

il Sole e la Luna, e l'Almanacco
di Gotha e la Gazzetta
della Borsa, l'Annuario
delle Società Anonime, e freddo
il senso e perduto il motivo dell'azione.
E noi tutti andiamo con loro
nel funerale silenzioso
funerale di nessuno
perché non c'è nessuno
da seppellire. Io dissi alla mia anima
taci e lascia che scenda su di te la tenebra
che sarà la tenebra di Dio.
Come in un teatro si spengono le luci
per cambiare la scena con cupo rombo
d'ali con moto di tenebra
su tenebra
e noi sappiamo che le colline e gli alberi
il panorama lontano
e l'ardita facciata imponente
tutto viene arrotolato via —
O come quando un treno sotterraneo
nella metropolitana si ferma troppo a lungo
tra due stazioni e la conversazione
sorge per poi a poco a poco
perdersi e svanire nel silenzio e vedi
dietro ogni faccia spalancarsi
il vuoto mentale lasciando soltanto
terrore cosciente che non ci sia nulla
a cui pensare; o quando sotto l'etere
la mente è cosciente ma cosciente
di nulla — Io dissi alla mia anima
stai quieta e attendi senza speranza perché la speranza
sarebbe speranza per le cose sbagliate; attendi
senza amore perché l'amore
sarebbe amore per le cose sbagliate; resta
la fede ma la fede e l'amore e la speranza
sono tutti nell'attendere. Attendi
senza pensiero, perché tu non sei pronto
per pensare: così la tenebra
sarà luce, e la quiete la danza.
Sussurro di ruscelli correnti
e lampi d'inverno. Il timo selvatico

130 The wild thyme unseen and the wild strawberry,
   The laughter in the garden, echoed ecstasy
   Not lost, but requiring, pointing to the agony
   Of death and birth.

         You say I am repeating
   Something I have said before. I shall say it again.
   Shall I say it again? In order to arrive there,
   To arrive where you are, to get from where you are not,
    You must go by a way wherein there is no ecstasy.
   In order to arrive at what you do not know
    You must go by a way which is the way of ignorance.
140 In order to possess what you do not possess
    You must go by the way of dispossession.
   In order to arrive at what you are not
    You must go through the way in which you are not.
   And what you do not know is the only thing you know
   And what you own is what you do not own
   And where you are is where you are not.

     IV

   The wounded surgeon plies the steel
   That questions the distempered part;
   Beneath the bleeding hands we feel
150 The sharp compassion of the healer's art
   Resolving the enigma of the fever chart.

   Our only health is the disease
   If we obey the dying nurse
   Whose constant care is not to please
   But to remind of our, and Adam's curse,
   And that, to be restored, our sickness must grow worse.

non visto, e la fragola del bosco, le risa
nel giardino, echeggiata estasi
non perduta, che richiede, che all'agonia anela
di morte e nascita.

    Voi dite
che sto ripetendo
qualcosa che ho già detto prima. Lo dirò
ancora. Dovrò dirlo
ancora? Per arrivare dove voi siete
per andare via da dove non siete
    dovete andare per una via
dove non c'è estasi. Per arrivare
a ciò che non sapete
    dovete andare per una via
che è la via dell'ignoranza.
Per possedere ciò che non possedete
    dovete andare per la via della privazione.
Per arrivare a quello che non siete
    dovete andare per la via in cui non siete.
E quanto non conoscete
è la sola cosa che conoscete
e ciò che avete è ciò che non avete
e dove siete è dove non siete.

IV

Il chirurgo ferito maneggia l'acciaio
che indaga la parte malata; sotto la mano
insanguinata sentiamo la compassione
tagliente dell'arte di chi
guarisce e scioglie l'enigma
del diagramma di febbre. Nostra sola salute
è la malattia se obbediamo
all'infermiera morente la cui costante cura
non è di piacere ma di ricordarci
la nostra maledizione e quella
di Adamo e che per guarire
la nostra malattia si deve aggravare.

Tutta la terra

The whole earth is our hospital
Endowed by the ruined millionaire,
Wherein, if we do well, we shall
160 Die of the absolute paternal care
That will not leave us, but prevents us everywhere.

The chill ascends from feet to knees,
The fever sings in mental wires.
If to be warmed, then I must freeze
And quake in frigid purgatorial fires
Of which the flame is roses, and the smoke is briars.

The dripping blood our only drink,
The bloody flesh our only food:
In spite of which we like to think
170 That we are sound, substantial flesh and blood—
Again, in spite of that, we call this Friday good.

V

So here I am, in the middle way, having had twenty years—
Twenty years largely wasted, the years of *l'entre deux guerres*—
Trying to learn to use words, and every attempt
Is a wholly new start, and a different kind of failure
Because one has only learnt to get the better of words
For the thing one no longer has to say, or the way in which
One is no longer disposed to say it. And so each venture
Is a new beginning, a raid on the inarticulate
180 With shabby equipment always deteriorating
In the general mess of imprecision of feeling,

è il nostro ospedale
finanziato da un milionario
in rovina e qui, se va bene
noi moriremo dell'assoluta
paterna cura che non ci lascerà
ma ci precede ovunque.

Il freddo sale
dai piedi alle ginocchia
la febbre canta nei reticolati mentali.
Se voglio avere caldo
devo raggelare e tremare in frigidi
purgatoriali fuochi
la cui fiamma è rose, il fumo spini.

Sangue stillante
nostra sola bevanda, sanguinosa
carne nostro solo cibo
e a dispetto di ciò
ci piace pensare che siamo davvero, sostanziale
carne e sangue. E ancora
a dispetto di ciò
questo lo chiamiamo Venerdì santo.

                           V

E così qui io sono, nel mezzo del cammino
io che ho avuto in sorte vent'anni – vent'anni
ampiamente guastati, gli anni
dell'*entre deux guerres* – cercando
di imparare a usare parole, e ogni tentativo
è un ripartire proprio da capo e un genere diverso
di fallimento, perché si è appreso soltanto
a usare al meglio le parole per quello
che non si ha più da dire, o nel modo in cui
non si è più disposti a dirlo. E così ogni impresa
è un nuovo cominciamento, un'incursione
nell'inarticolato in logoro equipaggiamento
che si deteriora sempre nella generale confusione
di sentimenti imprecisi, squadre indisciplinate di emo-
    zioni.

Undisciplined squads of emotion. And what there is to conquer
By strength and submission, has already been discovered
Once or twice, or several times, by men whom one cannot hope
To emulate—but there is no competition—
There is only the fight to recover what has been lost
And found and lost again and again: and now, under conditions
That seem unpropitious. But perhaps neither gain nor loss.
For us, there is only the trying. The rest is not our business.

190   Home is where one starts from. As we grow older
The world becomes stranger, the pattern more complicated
Of dead and living. Not the intense moment
Isolated, with no before and after,
But a lifetime burning in every moment
And not the lifetime of one man only
But of old stones that cannot be deciphered.
There is a time for the evening under starlight,
A time for the evening under lamplight
(The evening with the photograph album).
200   Love is most nearly itself
When here and now cease to matter.
Old men ought to be explorers
Here or there does not matter
We must be still and still moving
Into another intensity
For a further union, a deeper communion
Through the dark cold and the empty desolation,
The wave cry, the wind cry, the vast waters
Of the petrel and the porpoise. In my end is my beginning.

E quello che c'è da conquistare
con la forza e la sottomissione
è già stato scoperto una
o due volte o parecchie
volte da uomini che non si può sperare
di emulare – ma non c'è
competizione – c'è solo la lotta per recuperare
ciò che è stato perduto
e trovato e ancora perduto
e ancora: e ora in circostanze
che non appaiono propizie. Ma forse
non guadagno né perdita. Per noi
resta solo il tentare. Il resto
non ci riguarda.

Casa è il luogo onde si parte. A mano a mano
che diventiamo più vecchi, il mondo
diventa più strano, la trama più complicata
di morti e di viventi. Non il momento intenso
isolato, senza prima né poi
ma una vita che brucia in ogni momento
e non la vita di un uomo soltanto
ma di vecchie pietre che non si possono decifrare.
C'è un tempo per la sera alla luce delle stelle,
un tempo per la sera al paralume (la sera
con l'album di fotografie). L'amore
è più vicino a se stesso
quando il qui e l'ora
non importano più. I vecchi
dovrebbero essere esploratori
qui o là non importa noi dobbiamo
muovere ancora e ancora
verso un'altra intensità
per una unione più compiuta, una più profonda
comunione attraverso il buio freddo
e la vuota desolazione, il grido
dell'onda, il grido
del vento, la vastità delle acque
della procellaria e del delfino.
Nella mia fine è il mio principio.

I Dry Salvages

(I Dry Salvages — probabilmente *les trois sauvages* — sono un piccolo gruppo di rocce, con un faro, al largo della costa nord-est di Capo Ann, Massachusetts.

Salvages si pronuncia in rima con *assuages*.

Groaner: una boa che emette un sibilo.)

I

I do not know much about gods; but I think that the river
Is a strong brown god—sullen, untamed and intractable,
Patient to some degree, at first recognised as a frontier;
Useful, untrustworthy, as a conveyor of commerce;
Then only a problem confronting the builder of bridges.
The problem once solved, the brown god is almost forgotten
10 By the dwellers in cities—ever, however, implacable,
Keeping his seasons and rages, destroyer, reminder
Of what men choose to forget. Unhonoured, unpropitiated
By worshippers of the machine, but waiting, watching and
        waiting.
His rhythm was present in the nursery bedroom,
In the rank ailanthus of the April dooryard,
In the smell of grapes on the autumn table,
And the evening circle in the winter gaslight.

The river is within us, the sea is all about us;
The sea is the land's edge also, the granite
Into which it reaches, the beaches where it tosses
Its hints of earlier and other creation:
The starfish, the horseshoe crab, the whale's backbone;
20 The pools where it offers to our curiosity

I

Non so gran che degli dei; ma penso che il fiume
sia un forte dio bruno-scontroso, indomito
e intrattabile, paziente
fino a un certo punto, dapprima
riconosciuto come una frontiera; utile
ma infido come veicolo di commerci; poi
soltanto un problema per il costruttore di ponti.
Risolto il problema, il dio bruno
è pressoché dimenticato dagli abitanti delle città – ma
    sempre
tuttavia implacabile conservando
le sue stagioni e la sua furia, distruttore
ricorda agli uomini ciò che preferiscono
dimenticare. Non onorato
non propiziato dagli adoratori delle macchine
ma attende vigila attende. Il suo ritmo
era presente nella stanza dei bimbi
nell'ailanto nauseante del cortiletto di Aprile
nell'odore d'uva sulla tavola d'autunno
e nella veglia invernale sotto la luce a gas.
Il fiume è dentro di noi, il mare
tutto intorno; il mare
è anche l'orlo della terra, il granito
entro cui si addentra, le spiagge
dove scaglia i suoi indizi
di una creazione precedente e altra: stelle
marine, granchi a ferro di cavallo,
ossi di balena; le pozze
dove alla nostra curiosità offre

The more delicate algae and the sea anemone.
It tosses up our losses, the torn seine,
The shattered lobsterpot, the broken oar
And the gear of foreign dead men. The sea has many voices,
Many gods and many voices.
                              The salt is on the briar rose,
        The fog is in the fir trees.
                        The sea howl
        And the sea yelp, are different voices
        Often together heard: the whine in the rigging,
        The menace and caress of wave that breaks on water,
30   The distant rote in the granite teeth,
        And the wailing warning from the approaching headland
        Are all sea voices, and the heaving groaner
        Rounded homewards, and the seagull:
        And under the oppression of the silent fog
        The tolling bell
        Measures time not our time, rung by the unhurried
        Ground swell, a time
        Older than the time of chronometers, older
        Than time counted by anxious worried women
40   Lying awake, calculating the future,
        Trying to unweave, unwind, unravel
        And piece together the past and the future,
        Between midnight and dawn, when the past is all deception,
        The future futureless, before the morning watch
        When time stops and time is never ending;
        And the ground swell, that is and was from the beginning,
        Clangs
        The bell.

le alghe più delicate e gli anemoni
di mare. Scaglia via
le nostre perdite, la rete
lacerata, la trappola
per le aragoste fracassata, il remo
spezzato, gli attrezzi
di stranieri morti. Il mare ha molte voci,
molti dei e molte voci.

                    Il sale
è sulla rosa di macchia
la nebbia è tra gli alberi.

                      L'ululato del mare
e il guaito del mare
sono voci diverse che spesso
udiamo insieme: il pianto del cordame, la minaccia
e carezza dell'onda che si frange
sull'acqua, il rombo lontano
sui denti di granito e il monito lamentoso
del promontorio che si appressa
sono tutte voci del mare
e il sibilo della boa sballottata
doppiata nel viaggio di ritorno
e il gabbiano: e sotto l'oppressione della nebbia silen-
    ziosa
il rintocco della campana
misura tempo che non è nostro tempo, battuta
dalla risacca lenta, un tempo
più vecchio del tempo dei cronometri, più vecchio
del tempo computato da ansiose donne inquiete
che giacciono insonni, e calcolano il futuro
cercando di disfare sbrogliare districare
e rattoppare insieme il passato e il futuro
tra mezzanotte e l'alba
quando il passato è tutto inganno
il futuro assenza di futuro
prima del quarto mattutino
quando il tempo si ferma e il tempo non finisce
mai; e alla risacca
che è ed era dall'inizio
rintocca
la campana.

II

Where is there an end of it, the soundless wailing,
50   The silent withering of autumn flowers
Dropping their petals and remaining motionless;
Where is there an end to the drifting wreckage,
The prayer of the bone on the beach, the unprayable
Prayer at the calamitous annunciation?

There is no end, but addition: the trailing
Consequence of further days and hours,
While emotion takes to itself the emotionless
Years of living among the breakage
Of what was believed in as the most reliable—
60   And therefore the fittest for renunciation.

There is the final addition, the failing
Pride or resentment at failing powers,
The unattached devotion which might pass for devotionless,
In a drifting boat with a slow leakage,
The silent listening to the undeniable
Clamour of the bell of the last annunciation.

Where is the end of them, the fishermen sailing
Into the wind's tail, where the fog cowers?
We cannot think of a time that is oceanless
70   Or of an ocean not littered with wastage
Or of a future that is not liable
Like the past, to have no destination.

We have to think of them as forever bailing,
Setting and hauling, while the North East lowers
Over shallow banks unchanging and erosionless
Or drawing their money, drying sails at dockage;
Not as making a trip that will be unpayable

II

Dov'è la sua fine, del tacito lamento,
il silenzioso appassire dei fiori d'autunno
che stillano i loro petali e restano
immoti? Avrà mai fine il viaggio
di rottami in deriva, la preghiera
che non si può pregare all'annuncio calamitoso?

Non c'è fine, ma aggiunta: la strascicata
conseguenza di altri giorni e ore
quando l'emozione coglie gli anni
senza emozioni del vivere tra le rovine
di ciò in cui si credeva come la cosa
più realizzabile e che perciò è il più adatto
al ripudio.

Ecco l'aggiunta finale, l'orgoglio
viene meno o il risentimento
per venire meno di forze, la devozione
senza attaccamento che potrebbe sembrare
mancanza di devozione, in una barca alla deriva
con una lenta infiltrazione, il silenzioso prestare ascolto
all'innegabile clamore delle campane
dell'ultima annunciazione.

Dov'è la loro fine, dei pescatori
che navigano nella coda del vento
dove la nebbia è in agguato? Non possiamo pensare
a un tempo che è assenza di oceano
o a un oceano non cosparso di rottami
o a un futuro che non possa
come il passato, essere senza destinazione.

Dobbiamo pensarli sempre lì ad aggottare
a calare e a tirare, mentre il vento del Nord Est
incombe sui banchi a filo d'acqua
immutabili, non toccati da erosione
oppure mentre prendono la paga
e asciugano le vele nel porto; non
mentre compiono un viaggio
mai sufficientemente ripagato

For a haul that will not bear examination.

There is no end of it, the voiceless wailing,
No end to the withering of withered flowers,
To the movement of pain that is painless and motionless,
To the drift of the sea and the drifting wreckage,
The bone's prayer to Death its God. Only the hardly, barely
    prayable
Prayer of the one Annunciation.

It seems, as one becomes older,
That the past has another pattern, and ceases to be a mere
    sequence—
Or even development: the latter a partial fallacy
Encouraged by superficial notions of evolution,
Which becomes, in the popular mind, a means of disowning
    the past.
The moments of happiness—not the sense of well-being,
Fruition, fulfilment, security or affection,
Or even a very good dinner, but the sudden illumination—
We had the experience but missed the meaning,
And approach to the meaning restores the experience
In a different form, beyond any meaning
We can assign to happiness. I have said before
That the past experience revived in the meaning
Is not the experience of one life only
But of many generations—not forgetting
Something that is probably quite ineffable:
The backward look behind the assurance
Of recorded history, the backward half-look
Over the shoulder, towards the primitive terror.
Now, we come to discover that the moments of agony
(Whether, or not, due to misunderstanding,
Having hoped for the wrong things or dreaded the wrong
    things,

per una retata che non supererà l'esame.

Non ha fine il lamento senza voce
non ha fine l'appassire di fiori appassiti
il movimento della pena che è senza pena
e senza movimento, non la deriva
del mare e i rottami alla deriva
né la preghiera delle ossa
alla morte, loro Dio. Soltanto
la preghiera che difficilmente
malamente si può recitare
dell'unica Annunciazione.

Sembra, quando si diventa vecchi
che il passato abbia un'altra trama
e cessi di essere una mera sequenza –
e neppure sviluppo: quest'ultimo
un parziale errore incoraggiato
da nozioni superficiali di evoluzione
che diventa, nell'opinione popolare
un modo di ripudiare il passato. I momenti di felicità –
non il senso di benessere, la fruizione
l'appagamento, sicurezza o affetto
o anche un ottimo pranzo, ma l'illuminazione
improvvisa – ne facemmo esperienza
ma ci sfuggì il significato e avvicinarsi
al significato restituisce l'esperienza
in una forma diversa, al di là
di ogni significato che possiamo assegnare
alla felicità. Ho detto prima
che l'esperienza passata rivissuta
nel significato non è l'esperienza
di una vita soltanto
ma di molte generazioni – non dimenticando
qualcosa che probabilmente
è del tutto indicibile: lo sguardo
indietro al di là della certezza
della storia registrata, il mezzo sguardo
all'indietro, al terrore primitivo. Ora
veniamo a scoprire che i momenti di agonia
(se dovuti o non dovuti a fraintendimenti
avendo sperato la cosa sbagliata o temuto

Is not in question) are likewise permanent
With such permanence as time has. We appreciate this
    better
In the agony of others, nearly experienced,
110   Involving ourselves, than in our own.
For our own past is covered by the currents of action,
But the torment of others remains an experience
Unqualified, unworn by subsequent attrition.
People change, and smile: but the agony abides.
Time the destroyer is time the preserver,
Like the river with its cargo of dead negroes, cows and
    chicken coops,
The bitter apple and the bite in the apple.
And the ragged rock in the restless waters,
Waves wash over it, fogs conceal it;
120   On a halcyon day it is merely a monument,
In navigable weather it is always a seamark
To lay a course by: but in the sombre season
Or the sudden fury, is what it always was.

III

I sometimes wonder if that is what Krishna meant—
Among other things—or one way of putting the same thing:
That the future is a faded song, a Royal Rose or a lavender
    spray
Of wistful regret for those who are not yet here to regret,
Pressed between yellow leaves of a book that has never been
    opened.
And the way up is the way down, the way forward is the
    way back.

la cosa sbagliata non importa) anch'essi
sono permanenti della stessa permanenza
del tempo. Apprezziamo questo
meglio nell'agonia degli altri
sperimentata da vicino e che ci concerne
più che nella nostra. Perché il nostro passato
è coperto dal corso delle azioni
ma il tormento di altri resta un'esperienza
non qualificata, non logora da attriti successivi.
La gente cambia, e sorride: ma l'agonia
rimane. Il tempo che distrugge
è il tempo che conserva, come il fiume
il suo carico di negri morti, mucche
e gabbie di polli, la mela amara
e il morso nella mela.
E lo scoglio frastagliato
nelle acque senza pace
le onde lo lavano
la nebbia lo nasconde; nel giorno alcionio
è solo monumento,
in tempo navigabile
è sempre segnale
che dirige la rotta: ma
nella stagione cupa o nella furia
improvvisa, è ciò che sempre fu.

III

Talvolta mi domando
se è questo ciò che Krishna
intendeva (tra l'altro) o è un modo
diverso per dire la stessa cosa: che il futuro
è una canzone svanita, una Rosa Reale
o una spiga di lavanda
di inquieto rimpianto per coloro
che non sono ancora qui
a rimpiangere, schiacciata
tra le pagine gialle di un libro
che non è stato mai aperto.
E la via che sale
è la via che scende

130   You cannot face it steadily, but this thing is sure,
That time is no healer: the patient is no longer here.
When the train starts, and the passengers are settled
To fruit, periodicals and business letters
(And those who saw them off have left the platform)
Their faces relax from grief into relief
To the sleepy rhythm of a hundred hours.
Fare forward, travellers! not escaping from the past
Into different lives, or into any future;
You are not the same people who left that station
140   Or who will arrive at any terminus,
While the narrowing rails slide together behind you;
And on the deck of the drumming liner
Watching the furrow that widens behind you,
You shall not think 'the past is finished'
Or 'the future is before us'.
At nightfall, in the rigging and the aerial,
Is a voice descanting (though not to the ear,
The murmuring shell of time, and not in any language)
'Fare forward, you who think that you are voyaging;
150   You are not those who saw the harbour
Receding, or those who will disembark.
Here between the hither and the farther shore
While time is withdrawn, consider the future
And the past with an equal mind.
At the moment which is not of action or inaction
You can receive this: "on whatever sphere of being
The mind of a man may be intent
At the time of death"—that is the one action

la via in avanti
è la via all'indietro. Voi
non potete affrontarla con fermezza
ma questa cosa è certa: che il tempo
non guarisce: il paziente non è più qui.
Quando il treno parte
i passeggeri sono intenti
a frutta periodici lettere d'affari (e quanti
li avevano visti partire hanno lasciato
il marciapiede), i loro volti
si distendono dal dolore al sollievo
al ritmo sonnolento di un centinaio d'ore. Avanti
o viaggiatori! non fuggendo
dal passo in vite differenti
o in qualche futuro; voi
non siete la stessa gente
che ha lasciato quella stazione
o che arriverà a una qualche destinazione
mentre i binari in fuga
si stringono dietro di voi; e sul ponte
del transatlantico rullante
guardando il solco che si apre dietro di voi
non penserete "il passato è finito"
o "il futuro è davanti a noi". Quando cade la notte
tra il cordame e le antenne, c'è una voce
che canta (sebbene non all'orecchio
mormorante conchiglia del tempo
e non in qualche lingua) "Avanti
o voi che credete
di essere in viaggio; voi non siete
quelli che videro il porto
perdersi nella lontananza, o quelli che sbarcheranno.
Qui tra la sponda vicina
e la sponda lontana
mentre il tempo è ritratto
considerate il futuro
e il passato con mente equanime.
Nel momento che non è di azione
né di inazione
potete accogliere questo: 'in qualunque sfera
dell'esser la mente di un uomo
possa essere intenta al tempo della morte' — è questa

(And the time of death is every moment)
160   Which shall fructify in the lives of others:
And do not think of the fruit of action.
Fare forward.

                   O voyagers, O seamen,
You who come to port, and you whose bodies
Will suffer the trial and judgement of the sea,
Or whatever event, this is your real destination.'
So Krishna, as when he admonished Arjuna
On the field of battle.
                       Not fare well,
But fare forward, voyagers.

       IV

Lady, whose shrine stands on the promontory,
170   Pray for all those who are in ships, those
Whose business has to do with fish, and
Those concerned with every lawful traffic
And those who conduct them.

Repeat a prayer also on behalf of
Women who have seen their sons or husbands
Setting forth, and not returning:
Figlia del tuo figlio,
Queen of Heaven.

Also pray for those who were in ships, and
180   Ended their voyage on the sand, in the sea's lips
Or in the dark throat which will not reject them
Or wherever cannot reach them the sound of the sea bell's
Perpetual angelus.

       V

To communicate with Mars, converse with spirits,
To report the behaviour of the sea monster,

l'unica azione (e il tempo della morte
è ogni momento) che darà frutto
nelle vite di altri; e non pensate
al frutto dell'azione.
Andate avanti.
                    O viaggiatori, o uomini del mare
o voi che giungete al porto
e voi che il vostro corpo
soffrirà la prova e il giudizio del mare
o qualsiasi evento, è questa
la vostra reale destinazione."
Così Krishna, come quando ammoniva Arjuna
sul campo di battaglia.
                    Non *buon viaggio*
ma *avanti*, viaggiatori.

                              IV

O Signora che il tuo santuario
sta sul promontorio, prega per tutti quelli
che sono sulle navi, quelli
che hanno mestiere di pescare
e quelli intenti a ogni traffico legittimo
e quelli che li guidano

Ripeti una preghiera anche per le donne
che hanno visto i loro figli e i loro mariti
partire e non tornare
Figlia del tuo figlio
Regina del Cielo.

Prega anche per quelli che erano su navi
e finirono il loro viaggio sulla sabbia
sulle labbra del mare
o nella gola oscura che non li renderà o dovunque
non può raggiungerli il suono della campana del mare
perpetuo angelus.

                              V

Comunicare con Marte, conversare con spiriti
riferire il contegno del mostro marino

Describe the horoscope, haruspicate or scry,
Observe disease in signatures, evoke
Biography from the wrinkles of the palm
And tragedy from fingers; release omens
By sortilege, or tea leaves, riddle the inevitable
With playing cards, fiddle with pentagrams
Or barbituric acids, or dissect
The recurrent image into pre-conscious terrors—
To explore the womb, or tomb, or dreams; all these are usual
Pastimes and drugs, and features of the press:
And always will be, some of them especially
When there is distress of nations and perplexity
Whether on the shores of Asia, or in the Edgware Road.
Men's curiosity searches past and future
And clings to that dimension. But to apprehend
The point of intersection of the timeless
With time, is an occupation for the saint—
No occupation either, but something given
And taken, in a lifetime's death in love,
Ardour and selflessness and self-surrender.
For most of us, there is only the unattended
Moment, the moment in and out of time,
The distraction fit, lost in a shaft of sunlight,
The wild thyme unseen, or the winter lightning
Or the waterfall, or music heard so deeply
That it is not heard at all, but you are the music
While the music lasts. These are only hints and guesses,
Hints followed by guesses; and the rest
Is prayer, observance, discipline, thought and action.
The hint half guessed, the gift half understood, is Incarnation.
Here the impossible union
Of spheres of existence is actual,
Here the past and future
Are conquered, and reconciled,
Where action were otherwise movement
Of that which is only moved
And has in it no source of movement—
Driven by dæmonic, chthonic

trarre l'oroscopo, fare l'aruspice, scrutare
il cristallo, osservare
malanni nelle firme, evocare
biografie dalle linee della mano
tragedie dalle dita; vaticinare
per sortilegio, o foglie di tè, scrutare l'inevitabile
con carte da gioco, trastullarsi con i pentagrammi
o i barbiturici oppure dissezionare
l'immagine ricorrente in preconsci terrori – esplorare
viscere, o tombe, o sogni: tutti questi sono consueti
passatempi e droghe e rubriche del giornale:
e lo saranno sempre, alcuni di essi specialmente
quando c'è angoscia delle nazioni e perplessità
sulle spiagge dell'Asia e in Edgware Road.
La curiosità dell'uomo cerca passato e futuro
e si abbarbica a quella dimensione. Ma comprendere
il punto di intersezione del senza tempo
con il tempo, è occupazione per i santi – e neanche
un'occupazione, ma qualcosa di dato
e tolto, in una morte di tutta la vita in amore
ardore e altruismo e dedizione. Per i più di noi
c'è solo il momento inatteso, il momento
dentro e fuori del tempo, l'attimo
di distrazione, perduto in un raggio di sole
il timo selvatico non visto
o il lampo d'inverno
o la cascata o musica così profondamente sentita
da non essere udita per nulla, ma voi siete la musica
finché la musica dura. Questi sono soltanto
indizi, supposizioni, indizi
seguiti da supposizioni; e il resto
è preghiera osservanza disciplina
pensiero e azione. L'accenno
mezzo indovinato, il dono mezzo capito
è l'Incarnazione.
Qui l'unione impossibile
di sfere dell'essere è in atto
qui il passato e il futuro
sono conquistati e riconciliati
dove l'azione sarebbe altrimenti
movimento di ciò che mosso è soltanto e non ha
in sé fonte di movimento guidato da demonici

Powers. And right action is freedom
From past and future also.
For most of us, this is the aim
Never here to be realised;
Who are only undefeated
Because we have gone on trying;
230   We, content at the last
If our temporal reversion nourish
(Not too far from the yew-tree)
The life of significant soil.

sotterranei poteri. E l'azione giusta è libertà
anche da passato e futuro.
Per molti di noi, questo è lo scopo
che qui non si può mai realizzare; noi
che non siamo sconfitti
soltanto perché continuammo a tentare; noi
contenti alla fine
se la nostra reversione temporale
nutre (non troppo lontano dal tasso)
la vita di un suolo che ha senso.

Little Gidding

I

Midwinter spring is its own season
Sempiternal though sodden towards sundown,
Suspended in time, between pole and tropic.
When the short day is brightest, with frost and fire,
The brief sun flames the ice, on pond and ditches,
In windless cold that is the heart's heat,
Reflecting in a watery mirror
A glare that is blindness in the early afternoon.
And glow more intense than blaze of branch, or brazier,
10   Stirs the dumb spirit: no wind, but pentecostal fire
In the dark time of the year. Between melting and freezing
The soul's sap quivers. There is no earth smell
Or smell of living thing. This is the spring time
But not in time's covenant. Now the hedgerow
Is blanched for an hour with transitory blossom
Of snow, a bloom more sudden
Than that of summer, neither budding nor fading,
Not in the scheme of generation.
Where is the summer, the unimaginable
Zero summer?

20   If you came this way,
Taking the route you would be likely to take

I

Primavera di mezzo inverno
è stagione a parte, sempiterna
benché intrisa di acqua verso il tramonto
sospesa nel tempo, tra polo e tropico.
Quando il corto giorno è più fulgente
a gelo e fuoco
il breve sole infiamma il ghiaccio
in stagni e fossi nel freddo senza vento
che è calore del cuore
riflettendo in uno specchio acqueo
un bagliore che è cecità nel primo pomeriggio.
E splendore più intenso che vampa
di rami o braciere desta
lo spirito muto: non vento, ma pentecostale
fuoco nel tempo oscuro dell'anno.
Tra disgelo e gelo
la linfa dell'anima trema. Non c'è
odore di terra
o odore di cosa viva. Questo
è tempo di primavera
ma al di fuori delle leggi del tempo. Adesso la siepe
per un'ora è imbiancata da labili
fiori di neve, fioritura più inattesa
di quella dell'estate, non gemme
né appassimento, non nel piano
della generazione. Dov'è l'estate, l'inimmaginabile
estate zero?

   Se veniste da queste parti
prendendo la strada che probabilmente prendereste

From the place you would be likely to come from,
If you came this way in may time, you would find the hedges
White again, in May, with voluptuary sweetness.
It would be the same at the end of the journey,
If you came at night like a broken king,
If you came by day not knowing what you came for,
It would be the same, when you leave the rough road
And turn behind the pig-sty to the dull façade
30   And the tombstone. And what you thought you came for
Is only a shell, a husk of meaning
From which the purpose breaks only when it is fulfilled
If at all. Either you had no purpose
Or the purpose is beyond the end you figured
And is altered in fulfilment. There are other places
Which also are the world's end, some at the sea jaws,
Or over a dark lake, in a desert or a city—
But this is the nearest, in place and time,
Now and in England.

                    If you came this way,
40   Taking any route, starting from anywhere,
At any time or at any season,
It would always be the same: you would have to put off
Sense and notion. You are not here to verify,
Instruct yourself, or inform curiosity
Or carry report. You are here to kneel
Where prayer has been valid. And prayer is more
Than an order of words, the conscious occupation
Of the praying mind, or the sound of the voice praying.
And what the dead had no speech for, when living,
50   They can tell you, being dead: the communication
Of the dead is tongued with fire beyond the language of the
        living.
Here, the intersection of the timeless moment

dal luogo onde probabilmente verreste, se veniste
per questa via nel tempo di maggio
trovereste le siepi ancora bianche,
in maggio, di voluttuosa dolcezza.
Sarebbe lo stesso alla fine del viaggio
se non veniste di notte come un re affranto,
se veniste di giorno senza sapere
per che cosa venite, sarebbe lo stesso
quando lasciaste la strada dissestata
e voltaste dietro il porcile verso la facciata
insignificante e la pietra tombale.
E quello per cui pensavate di essere venuti
è soltanto un guscio, una buccia di senso
e il suo scopo appare solo quando è adempiuto,
se appare. O voi non avete uno scopo
o lo scopo è al di là della fine
che immaginaste e si altera
nell'adempimento. Ci sono altri luoghi
che sono anch'essi la fine del mondo, alcuni
alle fauci del mare, o sopra
un lago nero, in un deserto
o in una città – ma questo
è il più vicino in spazio e tempo
adesso e in Inghilterra.
                                  Se veniste per questa via
prendendo una strada qualsiasi, partendo
da qualsiasi punto, in qualunque
ora o in qualunque stagione sarebbe
sempre lo stesso: dovreste spogliarvi
di senso e nozione. Voi non siete qui per verificare,
per istruirvi o per soddisfare curiosità
o stendere un rapporto. Voi siete qui per inginocchiarvi
dove la preghiera è stata valida. E preghiera
è più di un ordine di parole, occupazione cosciente
della mente che prega, o suono
della voce che prega. E quello per cui i morti
non avevano parole da vivi
ve lo possono dire da morti: la
comunicazione dei morti viene pronunciata
con lingue di fuoco
al di là del linguaggio dei viventi.
Qui, l'intersezione del momento senza tempo

Is England and nowhere. Never and always.

Ash on an old man's sleeve
Is all the ash the burnt roses leave.
Dust in the air suspended
Marks the place where a story ended.
Dust inbreathed was a house—
The wall, the wainscot and the mouse.
60   The death of hope and despair,
       This is the death of air.

There are flood and drouth
Over the eyes and in the mouth,
Dead water and dead sand
Contending for the upper hand.
The parched eviscerate soil
Gapes at the vanity of toil,
Laughs without mirth.
       This is the death of earth.

70   Water and fire succeed
The town, the pasture and the weed.
Water and fire deride
The sacrifice that we denied.
Water and fire shall rot
The marred foundations we forgot,
Of sanctuary and choir.
       This is the death of water and fire.

In the uncertain hour before the morning
    Near the ending of interminable night
80   At the recurrent end of the unending
After the dark dove with the flickering tongue
    Had passed below the horizon of his homing
       While the dead leaves still rattled on like tin
Over the asphalt where no other sound was
    Between three districts whence the smoke arose

è l'Inghilterra e nessun luogo. Mai
e sempre.

II

Cenere sulla manica di un vecchio
è tutta la cenere
che lasciano le rose bruciate.
Polvere nell'aria sospesa
segna il luogo dove finì una storia.
Respirata polvere era una casa — il muro
il rivestimento di legno e il topo.
Morte di speranza, e disperazione
    è questa la morte dell'aria.

Ci sono alluvione e siccità
sugli occhi e nella bocca, acqua morta
e sabbia morta si contendono il primato.
Prosciugato sviscerato suolo
irride alla vanità dello sforzo
ride senza allegria.
    È questa la morte della terra.

Acqua e fuoco succedono
alla città, al pascolo e alle erbacce.
Acqua e fuoco deridono
il sacrifico che noi rinnegammo.
Acqua e fuoco distruggeranno
le fondamenta marce
che noi dimenticammo, del santuario e del coro.
    È questa la morte dell'acqua e del fuoco.

Nell'ora incerta prima del mattino
quasi alla fine della notte interminabile
alla ricorrente fine dell'infinito
dopo che l'oscura colomba dalla lingua fiammeggiante
era passata sotto l'orizzonte
del suo ritorno al nido mentre le foglie morte
ancora crepitavano con rumore metallico
sopra l'asfalto dove non altro suono era
fra tre distretti onde si levava il fumo

I met one walking, loitering and hurried
As if blown towards me like the metal leaves
Before the urban dawn wind unresisting.
And as I fixed upon the down-turned face
That pointed scrutiny with which we challenge
The first-met stranger in the waning dusk
I caught the sudden look of some dead master
Whom I had known, forgotten, half recalled
Both one and many; in the brown baked features
The eyes of a familiar compound ghost
Both intimate and unidentifiable.
So I assumed a double part, and cried
And heard another's voice cry: 'What! are *you* here?'
Although we were not. I was still the same,
Knowing myself yet being someone other—
And he a face still forming; yet the words sufficed
To compel the recognition they preceded.
And so, compliant to the common wind,
Too strange to each other for misunderstanding,
In concord at this intersection time
Of meeting nowhere, no before and after,
We trod the pavement in a dead patrol.
I said: 'The wonder that I feel is easy,
Yet ease is cause of wonder. Therefore speak:
I may not comprehend, may not remember.'
And he: 'I am not eager to rehearse
My thought and theory which you have forgotten.
These things have served their purpose: let them be.
So with your own, and pray they be forgiven
By others, as I pray you to forgive
Both bad and good. Last season's fruit is eaten
And the fullfed beast shall kick the empty pail.
For last year's words belong to last year's language
And next year's words await another voice.

incontrai uno che camminava, lentamente e in fretta
come se lo spingesse verso di me con le foglie metalliche
il vento urbano dell'alba, e lui non resistesse.
E come fissai sul suo volto chino
quell'esame acuto con cui affrontiamo all'imbrunire
lo straniero al primo incontro,
io colsi lo sguardo improvviso di un maestro morto
che avevo conosciuto, obliato, mezzo ricordato,
e uno e molti; in cotte fattezze brune
occhi di spettro familiare, composito
intimo, non identificabile. Così io giocai una doppia parte
e gridai e un'altra voce udii gridare: "Come! siete *voi*
   qui?"
Benché non fossimo. Io
ero ancora lo stesso, conoscevo
me stesso, eppure
ero qualcun altro – ed egli
vólto senza forma ancora; ma le parole bastarono
a indurre il riconoscimento che precedettero. E così
docili al vento comune
l'uno e l'altro troppo estranei
per non intenderci, concordi
in questo tempo di intersezione nell'incontrarci
in nessun luogo, non prima né poi,
sul lastricato andammo in pattuglia di morti. Io dissi:
"La meraviglia che provo è naturale ma questa
naturalezza è causa di meraviglia. Perciò parla: potrei
non comprendere, non ricordare". Ed egli: "Io
non bramo ridire il mio pensiero
e la teoria che hai dimenticato. Queste cose
sono servite al loro scopo: lasciale
perdere. Così sia delle tue
e prega che siano perdonate
dagli altri, come io ti prego di dimenticare
il male e il bene che ho fatto. Il frutto dell'ultima stagione
è mangiato e la bestia sazia
darà un calcio al secchio vuoto.
Perché le parole dell'anno passato
appartengono al linguaggio dell'anno passato
e le parole dell'anno prossimo
attendono altra voce. Ma

120   But, as the passage now presents no hindrance
          To the spirit unappeased and peregrine
          Between two worlds become much like each other,
      So I find words I never thought to speak
          In streets I never thought I should revisit
          When I left my body on a distant shore.
      Since our concern was speech, and speech impelled us
          To purify the dialect of the tribe
          And urge the mind to aftersight and foresight,
      Let me disclose the gifts reserved for age
130   To set a crown upon your lifetime's effort.
          First, the cold friction of expiring sense
      Without enchantment, offering no promise
          But bitter tastelessness of shadow fruit
          As body and soul begin to fall asunder.
      Second, the conscious impotence of rage
          At human folly, and the laceration
          Of laughter at what ceases to amuse.
      And last, the rending pain of re-enactment
          Of all that you have done, and been; the shame
140   Of motives late revealed, and the awareness
      Of things ill done and done to others' harm
          Which once you took for exercise of virtue.
          Then fools' approval stings, and honour stains.
      From wrong to wrong the exasperated spirit
          Proceeds, unless restored by that refining fire
          Where you must move in measure, like a dancer.'
      The day was breaking. In the disfigured street
          He left me, with a kind of valediction,
          And faded on the blowing of the horn.

          III

150   There are three conditions which often look alike
      Yet differ completely, flourish in the same hedgerow:
      Attachment to self and to things and to persons, detachment
      From self and from things and from persons; and, growing

154

poiché ora il passo non presenta ostacolo
allo spirito inquieto e peregrino
tra due mondi divenuti assai simili
l'uno all'altro, così io trovo parole
che non pensai mai di dire
per strade che non avrei pensato mai di rivisitare
quando lasciai il mio corpo
su una spiaggia lontana.
Poiché ci occupammo di parole e parole
ci spinsero a purificare il dialetto della tribù
e a rivolgere la mente a deduzioni e preveggenze
lasciami rivelare i doni serbati alla vecchiaia
per mettere corona agli sforzi della tua vita.
Primo, il freddo contatto di sensi moribondi
senza incanto, che nessuna promessa offre
se non l'amara insipidezza di frutti d'ombra
quando corpo e anima cominciano a distaccarsi.
Secondo la conscia impotenza d'ira
per l'umana follia, e lacerazione
di risa per ciò che ha finito di divertirci.
Ultimo, la pena lacerante
di passare in rassegna tutto ciò che facesti
fosti; vergogna
dei motivi tardi rivelati, coscienza
di cose fatte male e fatte a danno d'altri
che una volta prendevi per esercizio di virtù. Poi
l'approvazione degli stupidi ferisce,
onore è onta. Di errore in errore l'esasperato spirito
procede se non lo emenda quel fuoco che affina,
ove devi muovere in cadenza come danzatore".
Stava sorgendo il giorno. Nella strada deformata
egli mi lasciò, con una specie di commiato
e svanì al suono del corno.

III

Ci sono tre condizioni che spesso sembrano simili
eppure completamente differiscono,
fiori della stessa siepe: attaccamento
a sé e a cose e a persone, distacco
da sé e da cose e persone; e crescente

   between them, indifference
Which resembles the others as death resembles life,
Being between two lives—unflowering, between
The live and the dead nettle. This is the use of memory:
For liberation—not less of love but expanding
Of love beyond desire, and so liberation
From the future as well as the past. Thus, love of a country
160 Begins as attachment to our own field of action
And comes to find that action of little importance
Though never indifferent. History may be servitude,
History may be freedom. See, now they vanish,
The faces and places, with the self which, as it could, loved them,
To become renewed, transfigured, in another pattern.
Sin is Behovely, but
All shall be well, and
All manner of thing shall be well.
If I think, again, of this place,
170 And of people, not wholly commendable,
Of no immediate kin or kindness,
But some of peculiar genius,
All touched by a common genius,
United in the strife which divided them;
If I think of a king at nightfall,
Of three men, and more, on the scaffold
And a few who died forgotten
In other places, here and abroad,
And of one who died blind and quiet,
180 Why should we celebrate
These dead men more than the dying?
It is not to ring the bell backward
Nor is it an incantation
To summon the spectre of a Rose.
We cannot revive old factions
We cannot restore old policies
Or follow an antique drum
These men, and those who opposed them
And those whom they opposed

tra di esse, indifferenza
che somiglia alle altre come morte
a vita, essendo tra due vite – non fiorendo
tra le ortiche vive e quelle morte. A questo
serve la memoria: per la liberazione – non meno
amore ma espansione
di amore al di là del desiderio e così
liberazione dal futuro come dal passato. Così
amore di patria comincia come attaccamento
al nostro proprio campo di azione

e arriva a trovare quell'azione
di piccola importanza, sebbene mai indifferente.
Storia può essere servitù
storia può essere libertà. Guarda
ora svaniscono i volti e i luoghi
con quel nostro sé che, come poteva
li amava, per diventare nuovi
trasfigurati in altra trama.
Il Peccato è Necessario, ma
tutto sarà bene, e
ogni sorta di cose sarà bene.
Se penso, ancora, a questo luogo
e alle persone non del tutto lodevoli
non della stessa gente, non del tutto gentili
ma alcuni di genio particolare
tutti toccati da un genio comune
uniti nella contesa che li divise; se penso
a un re sul far della notte
o a tre uomini e più sul patibolo
e ad alcuni che morirono dimenticati
in altri luoghi, qui e oltremare,
e a uno che morì cieco e tranquillo,
perché dovremmo celebrare
più dei morenti questi uomini morti? Non è
per mandare indietro l'orologio
e nemmeno è un incantamento
per evocare lo spettro di una Rosa.
Non possiamo ravvivare vecchie fazioni
non possiamo restaurare vecchie politiche
o seguire un tamburo arcaico. Questi uomini
e quanti a essi si opposero e quelli
a cui loro si opposero accettano

190 Accept the constitution of silence
     And are folded in a single party.
     Whatever we inherit from the fortunate
     We have taken from the defeated
     What they had to leave us—a symbol:
     A symbol perfected in death.
     And all shall be well and
     All manner of thing shall be well
     By the purification of the motive
     In the ground of our beseeching.

                    IV

200 The dove descending breaks the air
     With flame of incandescent terror
     Of which the tongues declare
     The one discharge from sin and error.
     The only hope, or else despair
         Lies in the choice of pyre or pyre—
         To be redeemed from fire by fire.

     Who then devised the torment? Love.
     Love is the unfamiliar Name
     Behind the hands that wove
210 The intolerable shirt of flame
     Which human power cannot remove.
         We only live, only suspire
         Consumed by either fire or fire.

                    V

     What we call the beginning is often the end
     And to make an end is to make a beginning.
     The end is where we start from. And every phrase
     And sentence that is right (where every word is at home,
     Taking its place to support the others,
     The word neither diffident nor ostentatious,
220 An easy commerce of the old and the new,
     The common word exact without vulgarity,

la legge del silenzio
e sono rinchiusi in un solo partito. Qualunque eredità
raccogliamo dai vincitori, dai vinti
abbiamo preso quanto avevano da lasciarci:
un simbolo perfetto della morte.
E tutto sarà bene e
ogni genere di cose sarà bene
attraverso la purificazione del motivo
sul fondamento della nostra implorazione.

IV

La colomba discende spezza l'aria
con fiamma di terrore incandescente
le cui lingue dichiarano
la sola remissione di peccato e errore.
La sola speranza, o disperazione
        è nella scelta di pira o pira —
        per essere redenti dal fuoco col fuoco.

Chi dunque escogitò il tormento? Amore. Amore
è il Nome non familiare
dietro le mani che tesserono
l'intollerabile camicia di fuoco
che potere umano non può togliere.
        Noi soltanto viviamo, soltanto sospiriamo
        se consumati da fuoco e fuoco.

V

Ciò che diciamo principio
spesso è la fine, e finire
è cominciare. La fine
è là onde partiamo. E ogni frase
e sentenza che sia giusta (dove
ogni parola è a casa, e prende il suo posto
per sorreggere le altre, la parola
non diffidente né ostentante, agevolmente
partecipe del vecchio e del nuovo, la comune
parola esatta senza volgarità, la formale

The formal word precise but not pedantic,
The complete consort dancing together)
Every phrase and every sentence is an end and a beginning,
Evey poem an epitaph. And any action
Is a step to the block, to the fire, down the sea's throat
Or to an illegible stone: and that is where we start.
We die with the dying:
230   See, they depart, and we go with them.
We are born with the dead:
See, they return, and bring us with them.
The moment of the rose and the moment of the yew-tree
Are of equal duration. A people without history
Is not redeemed from time, for history is a pattern
Of timeless moments. So, while the light fails
On a winter's afternoon, in a secluded chapel
History is now and England.

With the drawing of this Love and the voice of this Calling

We shall not cease from exploration
240   And the end of all our exploring
Will be to arrive where we started
And know the place for the first time.
Through the unknown, remembered gate
When the last of earth left to discover
Is that which was the beginning;
At the source of the longest river
The voice of the hidden waterfall
And the children in the apple-tree
Not known, because not looked for
250   But heard, half-heard, in the stillness
Between two waves of the sea.
Quick now, here, now, always—
A condition of complete simplicity

parola precisa ma non pedante
perfetta consorte unita in una danza)
ogni frase e ogni sentenza è una fine
e un principio, ogni poema
un epitaffio. E qualunque azione
è un passo verso il patibolo, verso
il fuoco, verso la gola del mare
o verso una pietra illeggibile: è di lì
che noi partiamo. Noi
moriamo con chi muore: guarda,
essi partono, e noi andiamo con loro.
Noi nasciamo con chi muore:
guarda, essi ritornano e ci portano con loro.
Il momento della rosa
e il momento del tasso
hanno uguale durata. Un popolo senza storia
non è redento dal tempo, perché la storia è una trama
di momenti senza tempo. Così
mentre la luce vien meno
in un pomeriggio d'inverno
in una cappella appartata
la storia è adesso, e Inghilterra.

Con la forza di questo Amore e la voce di questa Chia-
    mata

noi non cesseremo l'esplorazione
e la fine di tutto il nostro esplorare
sarà giungere là onde partimmo
e conoscere il luogo per la prima volta.
Attraverso l'ignoto rammemorato
cancello dove l'ultima terra da conoscere
è quella che era il principio; alle sorgenti
del più lungo fiume
la voce della cascata nascosta
e i bambini tra i rami del melo
non noti, poiché non attesi
ma uditi, quasi uditi nel silenzio
tra due onde di mare. Su
presto, qui, ora, sempre –
Una condizione di completa
semplicità (che costa

(Costing not less than everything)
And all shall be well and
All manner of thing shall be well
When the tongues of flame are in-folded
Into the crowned knot of fire
And the fire and the rose are one.

non meno di ogni cosa) e tutto
sarà bene e ogni genere di cose
sarà bene, quando le lingue di fuoco si incurvino
nel nodo di fuoco incoronato
e il fuoco e la rosa siano uno.

Note del curatore

Epigrafe 1. Per un'esegesi del frammento di Eraclito, cfr. Tonelli E 131. Il verbo eracliteo qui suona come invito a rinunciare alla presunzione dell'ego individuale che, nutrendosi di orgoglio, impedisce all'anima di attingere all'esperienza del divino dispiegantesi come *lógos*, a tutti comune: soltanto smarrendosi nella pienezza del Tutto l'uomo si ritrova come Sé infinito, in umiltà. Cfr. EC 2 97-98; 3 110-113.

Epigrafe 2. Per un'esegesi del frammento eracliteo, cfr. Tonelli E 165. Cfr. BN 3 122-123; DS 129.

Burnt Norton

Pubblicato nel 1936. Burnt Norton è il nome del castello che il poeta visitò nell'estate del 1934, nel Gloucestershire.

I

v. 10. Cfr. EC 1 1 e 14; 5, 209.

vv. 11-14. Cfr. TSE FR 107: "I only looked through the little door / When the sun was shining on the rose garden / and heard in the distance tiny voices".

v. 20. L'infanzia? Il paradiso perduto degli umani?

v. 25. Per le presenze invisibili, infanti, cfr. i bambini di *New Hampshire*, in *Minor Poems* di TSE; cfr. anche Curtius, in *Paragone* 14, che accosta i bambini ridenti tra le foglie ai beati infanti del Paradiso dantesco, e intende le rose di v. 14 come "simbolo del paradiso". Cfr. Donini Qq 86.

v. 37. Per il "cuore della luce", cfr. Dante, *Paradiso* XII, 28 "del cuor dell'una e delle luci nuove". Cfr. TSE WL 1, 41

II

vv. 47-48. Cfr. Mallarmé, *M'introduire dans ton histoire*: "ton-nerre et rubis aux moyeux", e ancora Mallarmé, *Le tombeau de Charles Baudelaire*: "bavant boue et rubis". Cfr. anche Chapman, *Bussy d'Ambois*: "the burning axle-tree", che Eliot "ruba" anche nel finale di *Gerontion*.

v. 49. Cfr. EC 4 17.

v. 63. Cfr. *Coriolan, Triumphal March* 35.

v. 74. *Erhebung* qui significa innalzamento, esaltazione: cfr. Donini Qq 87.

III

v. 90 ss. Hayward Qq 33, attendibile perché amico dell'autore, sostiene che "il luogo di disaffezione" è la metropolitana di Londra.

v. 101. Gioco di parole conforme alla tradizione dei poeti metafisici inglesi del Seicento, in particolare John Donne (cfr. Donini Qq 88).

v. 122-123. Cfr. il frammento di Eraclito citato per secondo in epigrafe.

IV

v. 127. Cfr. Gray, *Elegia scritta in un cimitero di campagna*, 1 (cfr. Dante, *Purgatorio* VIII, 5-6).

v. 133. Gardner AE 51 segnala il carattere funebre del passo, perché il tasso è pianta che cresce nei cimiteri.

V

v. 142. Matthiessen AE 184 rinvia all'*Anecdote of the Jar* di Wallace Stevens. Donini Qq 90 all'urna greca di Keats.

v. 146. Cfr. l'*incipit* del poemetto.

v. 155. Cfr. *Vangelo di Giovanni*, 1.

v. 157. Per la danza delle ombre e il lamento della Chimera, Donini Qq 90 rinvia a Flaubert, *Tentation de S. Antoine*, in *Oeuvres de G.F.*, p. 189, Paris 1936.

v. 160. Cfr. la scala che conduce a Dio in San Giovanni della Croce (Donini Qq 90).

vv. 169-172. Donini Qq 90 rinvia a *The Hollow Men* 11 58, dove ritroviamo il sole, un albero, e voci lontane.

v. 171. Cfr. BN 1 41.

East Coker

Pubblicato nel 1940, trae titolo da un villaggio del Somerset-shire, non molto lontano dal mare, da dove partì per emigrare in America Andrew Eliot, antenato di T.S. Eliot.

I

v. 1. Rovesciamento del motto di Maria Stuarda "en ma fin est mon commencement". Cfr. anche Eraclito 22 B 103 DK.

vv. 9 ss. Modulo espressivo mutato da *Ecclesiaste* 3, 1-7.

vv. 11-13. Gardner AE 55 rinvia a *Mariana* di Tennyson. L'arazzo e il motto ricamato sono quelli di Maria Stuarda (Donini Qq 92). Allusione alla caducità della gloria e dei beni terreni.

vv. 24 ss. Eliot informa che la scena della danza notturna nel campo potrebbe riecheggiare una memoria di *Germelshausen*, "leggenda di una parrocchia colpita dall'interdetto del Papa, che una volta ogni cento anni rivive per un giorno, poi scompare di nuovo sottoterra" (cfr. Donini Qq 92). Cfr. Gardner AE 165, Hayward Qq 135. La descrizione della danza in linguaggio cinquecentesco deriva dal *Boke named the Governour*, di Sir Thomas Eliot, che nel 1535 aveva elogiato la danza come simbolo del matrimonio.

II

vv. 51-57. Presagio di una Apocalisse, dichiarata nei vv. 58-67.

v. 63. Leonidi sono stelle cadenti a novembre, provenienti dalla costellazione del Leone.

v. 90. Cfr. Dante, *Inferno* I, 2.

v. 96. Donini Qq 94 interpreta il verso come una critica all'individualismo del Rinascimento.

vv. 99-100. Cfr. Sweeney LGIR 781, che rinvia a Stevenson per l'associazione di *sea* e *hill*.

III

v. 101. Cfr. Milton, *Samson Agonistes* 80 ss.: "O dark dark dark dark, amide the blaze of moon"; e vv. 89 ss.: "vacant interlunar caves".

v. 118. Cfr. BN 3 9 ss., per il tema della metropolitana.

v. 123. Cfr. la passività dell'anima cui S. Giovanni della Croce invita, perché si possa accogliere la Grazia.

vv. 136-143. Cfr. S. Giovanni della Croce, *L'ascesa al Monte Carmelo* 1 13.

IV

v. 147. "Il chirurgo ferito è Cristo, che con la sua passione risana il mondo" (Donini Qq 96). Cfr. la metafora dell'anima malata, che viene guarita dall'unione con Dio, in *La notte oscura dell'anima* di S. Giovanni della Croce.

v. 153. Cfr. nota a v. 147; cfr. anche Marvell, *Dialogue between the Soul and the Body*.

v. 153. L'infermiera morente è la Chiesa.

v. 157. Cfr. T. Browne, *Religio medici* 2 12, per l'immagine della Terra come ospedale. L'idea non è estranea al buddhismo, cui Eliot meditò di convertirsi, ed è comunque consona all'atmosfera gnostica che pervade il movimento 4.

v. 158. Cfr. Donini Qq 96: "Adamo ha lasciato in dote (*endowed*) all'umanità il peccato originale".

v. 167. Allusione all'eucaristia, cfr. Donini Qq 96.

V

v. 172. Cfr. Dante, *Inferno* I, 1.

vv. 174 ss. Cfr. BN V 137.

vv. 186-187. Cfr. Eraclito 22 B 56 DK.

vv. 197-198. Cfr. EC 1 9 ss.

vv. 198-199. Cfr. Verlaine, *La bonne chanson* 14.

vv. 206-207. Ancora eco da *L'oscura notte dell'anima* di S. Giovanni della Croce.

v. 208. Allusione all'"alto mare aperto" dell'Ulisse dantesco.

v. 209. Il motto di Maria Stuarda, che in EC 1 1 compare rovesciato, qui compare nella versione originaria, con intonazione soteriologica.

I Dry Salvages

Pubblicato nel 1941. Per il titolo, cfr. la nota stessa di Eliot. Letteralmente *Dry Salvages* significa "asciutti salvataggi", con allusione alla possibilità di salvezza dal naufragio nella tempesta della vita (cfr. Donini Qq 99).

I

v. 1. Il fiume è il Mississippi, luogo d'infanzia del poeta, come anche la città di St. Louis cui alludono i versi seguenti.

v. 12. L'ailanto è pianta esotica dall'odore sgradevole.

v. 24. Cfr. TSE WL IV.

v. 34. *The groaner*; cfr. nota di Eliot al titolo.

v. 46. Cfr. Salmo 129 (*De profundis*): "a custodia matutina usque ad noctem". "A custodia matutina" in inglese è "from the morning watch" (cfr. Donini Qq 100).

v. 48. Cfr., nella liturgia, "sicut erat in principio".

II

v. 67. I pescatori dei Banchi di Terranova, che Eliot ebbe modo di osservare nella prima giovinezza (cfr. Donini Qq 101).

v. 117. Cfr. Milton, *Paradise Lost*, 1 13.

III

v. 129. Cfr. il frammento di Eraclito riportato come secondo in epigrafe.

v. 131. Inversione del detto di Pascal, *Pensées* 2 122: "Le temps guérit les douleurs... parce qu'on change, on n'est plus la même personne".

vv. 153 ss. Citazione da *Bhavagad Gītā* 8.

v. 158. Cfr. *ibidem* 2.

IV

vv. 177-178. Cfr. Dante, *Paradiso* XXXIII, 1; XXXI, 100.

V

v. 198. Edgware Road è una via qualunque di Londra.

v. 207. Cfr. TSE, *The Rock*, coro 7.

v. 233. Il "suolo che ha senso" è il suolo del cimitero (cfr. il tasso in BN 4 133), luogo di immortalità, in virtù dell'Incarnazione (v. 32); cfr. Donini Qq 104.

Little Gidding

Pubblicato nel 1942. Little Gidding è un villaggio del Huntingdonshire, dove nel 1626 Nicolas Ferrer fondò la comunità religiosa poi soppressa da Cromwell nel 1646. Eliot la visitò nel 1936 con H.F. Stewart, studioso di Pascal. Donini Qq 105 n. 1, sulla base di Hayward Qq 143, ritiene che la *Vita di George Herbert* di Izaac Walton (1675), che dedica cinque pagine alla comunità di Little Gidding, sia una delle fonti del poema.

I

vv. 1 ss. Cfr. l'*incipit* di TSE WL; cfr. EC 2 51 ss. Echi da Swinburne e Crashaw, secondo Sweeney LGIR 219.

v. 5. Donini Qq 106 rinvia a BN 1 37; BN 5 169; DS 5 218, a proposito del raggio di sole, che è immagine di illuminazione improvvisa.

v. 9. Donini Qq 106 rintraccia nel verso un "preludio al tema del fuoco dell'amor divino" (LG 4) e "del divino appello" (LG 5 238).

v. 20. Eliot mutua l'immagine dal linguaggio militare, dove l'ora zero è l'ora dell'inizio di un'azione.

v. 27. Carlo I, dopo la sconfitta di Naseby, secondo una leggenda, si rifugiò a Little Gidding.

v. 37. Per Hayward Qq 149 con "the sea jaws" Eliot allude all'isola di Iona e a quella di Lindisfarne, luoghi di ritiro spirituale. "Dark lake" è il lago di Glendalough, dove S. Kevin fondò un eremitaggio. "Desert" è il deserto della Tebaide, luogo dell'ascesi di S. Antonio. "City" è Padova, città dell'altro S. Antonio. Cfr. Donini Qq 107.

II

vv. 54-77. Cfr. Eraclito 22 B 36 DK: "per le anime è morte diventare acqua, per l'acqua diventare terra è morte: ma dalla terra nasce l'acqua".

v. 58. Cfr. EC 1 9.

v. 78. Stilemi e toni danteschi, per la dantesca convocazione del maestro.

v. 81. È il bombardiere nemico (cfr. Donini Qq 108).

v. 91. Cfr. Dante, *Inferno* XV, 19.

v. 94. Cfr. *ibidem* XV, 26.

v. 98. Cfr. *ibidem* XV, 30 e TSE WL 1 69.

v. 102. "È ragionevole pensare che lo spettro sia tutt'insieme Dante e Brunetto e Arnaut e Virgilio, e Milton e Mallarmé e anche Henry James, indubitato 'maestro' del poeta, e creatore di 'spettri compositi'" (Donini Qq 109).

v. 127. Cfr. Mallarmé, *Le tombeau d'Edgar Poe*: "donner un sens plus pur aux mots de la tribu".

v. 145. Cfr. Dante, *Purgatorio* XXVI, 148 e TSE WL 5 427.

III

vv. 166-168. Citazione della XIII rivelazione di Giuliana da Norwich (1373), in cui esponeva quanto una voce le diceva a proposito del peccato.

v. 175. Cfr. LG 1 27.

v. 176. "Il re, l'arcivescovo Laud, il conte di Strafford e gli altri seguaci del re, giustiziati dal partito di Cromwell" (Donini Qq III).

v. 179. Crashaw, poeta, morì a Loreto.

v. 180. Allusione a Milton (Donini Qq III) o a Joyce (Gardner AE 181).

v. 185. "La Rosa fu simbolo di fazioni durante le guerre civili inglesi" (Donini Qq III).

IV

v. 200. La colomba è insieme fuoco pentecostale e bombardiere nemico (Donini Qq III).

v. 208. Gardner AE 182 rimanda alle rivelazioni di Giuliana da Norwich.

v. 210. La camicia di Nesso, costituita dai desideri, secondo Matthiessen AE 191.

V

v. 233. Per il tasso, con valenza funebre, cfr. BN 4 133. La Rosa è simbolo d'Amore Spirituale.

v. 243. Cfr. LG 1 55.

v. 248. Cfr. DS 5 27.

vv. 255-256. Cfr. LG 3 166-168 e nota *ad locum*.

v. 259. Cfr. la "candida rosa" di Dante, *Paradiso* III, 1 e il "foco dell'alto lume", *ibidem* XXXIII, 115 ss.

Appendice
*Intervista a T.S. Eliot**
di Donald Hall

Quando cominciò a scrivere versi a St. Louis, e in quali circostanze?

Avrò avuto quattordici anni, quando l'*Omar Khayyam* di Fitzgerald mi ispirò alcune quartine molto lugubri e disperate e ateistiche in quello stile. Fortunatamente, non le mostrai a nessuno e sono scomparse. Pubblicai invece qualcosa più tardi nello *Smith Academy Record*, versi a imitazione di Ben Jonson, esercizi scolastici, altri per *The Harvard Advocate* e finalmente ebbi un'esplosione poetica durante i miei ultimi due anni a Harvard, influenzato da Baudelaire e Jules Laforgue.

Chi le aveva dato il gusto dei francesi? Non Irving Babbitt, immagino.

No, Babbitt sarebbe stato l'ultimo a farlo! La poesia che a lui piaceva era quella di *Elegy* di Gray. Buona poesia, non c'è che dire, ma che dimostrava i limiti di Babbitt, che Dio lo abbia in gloria. No, la mia fonte era il libro di Arthur Symons sulla poesia francese.

Da studente, sentiva la presenza dominante di poeti affermati come oggi un giovane sente quella di Eliot, Pound e Stevens?

Penso che fosse particolarmente vantaggioso non avere a quel tempo nessuno a cui guardare con troppo interesse. I soli che potevano attirarci in quel senso erano i

* Questa intervista, pubblicata da "Paris Rewiew" fu fatta a New York nel 1958. È comparsa in italiano su "la Repubblica".

poeti dell'ultimo decennio dell'Ottocento, tutti morti suicidi o alcolizzati o per cause simili.

Vi aiutavate a vicenda, lei e Conrad Aiken, quando eravate co-direttori dell'Advocate?

Eravamo amici, ma non credo che ci influenzassimo affatto. In fatto di scrittori stranieri, a lui interessavano gli italiani e gli spagnoli, a me i francesi.

Non fu Aiken che le fece conoscere Ezra Pound?

Sì. Aiken era molto generoso. Un'estate, trovandosi a Londra, cercò di piazzare certi miei versi presso Harold Monro e altri. Nessuno se la sentì di pubblicarli: me li restituì al ritorno. Poi, credo nel 1914, eravamo a Londra insieme, di nuovo d'estate, e lui mi fa: "Perché non fai vedere i tuoi versi a Pound? Vai a trovarlo". Era sicuro che a Pound sarebbero piaciuti come piacevano a lui, sebbene fossero molto diversi dai suoi.

Ricorda il suo primo incontro con Pound?

Se non sbaglio fui proprio io ad andare a trovarlo. Mi accolse nel suo piccolo soggiorno triangolare di Kensington, e dovetti fargli una buona impressione perché mi disse: "Mi mandi i suoi versi", dopodiché mi scrisse: "Sono all'altezza del meglio che ho visto in giro. Venga a trovarmi ancora, ne parliamo". Poi li passò a Harriet Monroe.

Aiken parla di una sua lettera di quel tempo, in cui lei si riferisce alla poesia di Pound definendola "commoventemente incompetente". Quando cambiò parere?

Ah! Quella volta feci un passo falso, vero? I versi di Pound me li aveva fatti conoscere per primo un redattore dell'*Harvard Advocate*, W.G. Tinckom-Fernandez, un amico che frequentava come noi il club letterario di Harvard. Mi fece leggere quelle piccole cose di Pound pubblicate da Elkin Mathews, *Exultations* e *Personae*, dicendomi: "Vedrai, ti piaceranno: sono nel tuo registro". Ma non lo erano. Mi sembravano roba piuttosto romantica del tipo cappa-e-spada, e non mi fecero nessuna impressione. Quando andai a trovarlo, non è che ammirassi veramente

Pound. Anche ora, sebbene abbia cambiato idea e le trovi cose molto ben fatte, sono certo che la poesia importante si trova nel lavoro maturo di Pound.

Lei ha scritto che Pound ricavò The Waste Land *da un poema molto più vasto. Pensa che le sue critiche aiutassero la sua poesia in generale? Tagliò mai altre cose sue?*

Sì. A quell'epoca, sì. Era un critico eccellente perché non cercava mai di trasformare il lavoro di altri in imitazioni del suo. Cercava di vedere ciò che tentavamo di fare.

Ha mai aiutato, lei, altri? Per esempio Pound?

Non credo, a parte i giovani a cui ho dato qualche suggerimento leggendo i loro manoscritti negli ultimi venticinque anni.

Cosa tagliò Pound da The Waste Land, *parti intere?*

Sì. C'era una lunga parte che parlava di un naufragio. Non capisco più che cosa avesse a che fare con tutto il resto, ma si rifaceva, credo, al canto di Ulisse nell'*Inferno*. Un'altra era un'imitazione di *Rape of the Lock*. Pound mi disse: "Non vale la pena cercare di fare ciò che altri hanno fatto nel modo migliore possibile. Fai qualcosa si diverso".

Nel saggio Thoughts after Lambeth *lei respinge l'osservazione critica secondo cui in* The Waste Land *è espressa la "delusione di una generazione", o per lo meno afferma che questa non era la sua intenzione. Ora F.R Lewis, credo, dice che nel poema manca l'idea della progressione, mentre altri, a fronte dei suoi versi più recenti, trovano cristiano* The Waste Land. *Mi domando se questa era la sua intenzione.*

No, non era mia intenzione cosciente. Di intenzioni, nel mio *Lambeth*, parlavo più in senso negativo che positivo, dicevo cioè ciò che *non* era nelle mie intenzioni. Ma poi che cosa significa "intenzione"? Il fatto è che scrivevamo per scaricarci di qualcosa, e non sappiamo bene cosa sia fino al momento in cui ci siamo alleggeriti. Non potrei usare la parola "intenzione" in senso positivo per nessun verso mio. O per versi di altri.

È vero che lei e Pound decideste da giovanissimi di scrivere quartine perché il verso libero si era spinto anche troppo lontano?

Lo disse Pound, se ben ricordo. E l'idea di scrivere quartine fu sua. A me fece leggere *Emaux et Camées* di Gautier.

Ma pensando al rapporto tra forma e contenuto, sceglieva allora la forma e poi vi adattava il contenuto?

In un certo senso sì. Studiavamo il lavoro degli altri. Di Gautier, per esempio. Dopodiché io mi chiedevo: "Ho niente di utile da dire in questa forma?". Così sperimentavamo. La forma dava impeto al contenuto.

Perché all'inizio scelse il verso libero?

Il mio primo *vers libre* parte dal tentativo di esercitarmi sullo stile di Laforgue, che significava far rimare versi di lunghezza irregolare, dove la rima cadeva in punti altrettanto irregolari. Più che *libre* era *vers*, specialmente del tipo che Pound chiamava "amygismo" (*da Amy Lowell, che trasformò l'imagismo,* n.d.r.). Naturalmente scrivevo anche cose più libere, cose come "Rapsodia in una notte di vento", che non credo imitasse niente. Mi venne così.

Dopo "Prufrock" e prima di "Gerontion" lei scrisse le poesie in francese che sono apparse in Collected Poems. *Perché in francese? E ne ha fatte altre?*

No, e non ne farò. Mi capitò di farlo allora per una ragione singolare. Non riuscivo più a scrivere. Mi misi a scrivere in francese e scoprii che sapevo farlo, ma anche che, non attribuendo a quelle cose troppa importanza, non mi preoccupava più il fatto di non poter scrivere. Così scrivevo. Poi, improvvisamente, ricominciai a scrivere in inglese e persi qualsiasi desiderio di farlo in francese.

Non cercava di diventare un poeta simbolista francese come i due poeti americani del secolo scorso?

Stuart Merrill e Viélé-Griffin? No, mi ci cimentai solo durante l'anno romantico che passai a Parigi dopo Harvard, quando mi era venuta l'idea di rinunciare all'inglese, stabilirmi a Parigi e diventare a poco a poco francese. Ma era un'idea sballata. Un poeta non può essere bilingue, e l'inglese è una lingua più ricca del francese.

In questo momento ha qualche progetto poetico?

No, in questo momento non ho progetti di nessun genere, tranne qualche scritto critico, dato che ho appena corretto le bozze di *The Elder Statesman*. Non penso mai più di un passo avanti. Non so nemmeno se voglio scrivere un altro lavoro teatrale o un'altra poesia. Lo so quando sono sul punto di farlo.

Non ha qualche poesia non finita che ogni tanto riprende in mano?

Non troppe. Di solito si tratta di cose che provengono da altri lavori. *Burnt Norton*, per esempio, proviene da ciò che non usai in *Assassinio nella cattedrale*, quando capii che non serve includere in un lavoro teatrale versi che, per quanto soddisfacenti, non aiutano l'azione scenica.

Si direbbe che lei scriva poesie in gruppi, ma poesie nate separatamente. "Ash Wednesday", per esempio. È vero?

Sì. Come "The Hollow Man", anch'esso originato in poesie separate. Una o due prime versioni di parti di "Ash Wednesday" apparvero in *Commerce* e altrove, finché a poco a poco le vidi come sequenza. In fatto di poesia, è così che la mia mente ha funzionato tutti questi anni – producendo cose isolate e poi vedendo la possibilità di fonderle insieme, alterandole in un insieme a sé stante.

Non scrive più cose del tipo di Old Possum's Book of Practical Cats (da cui è stato ricavato il musical Cats, n.d.r.) o King Bolo?

Eh, una volta ogni tanto mi diverto con quelle cose! Butto giù versi di quel genere, ma restano lì: devo avere da qualche parte un paio di gatti di cui non scriverò più. Uno era un gatto, anzi una gatta, sicchettona, ma anche molto triste, e questo non va: non posso far piangere i miei figli su una gattina che ne ha combinate di tutti i colori ed è finita male... Cani, invece, non ne ho mai fatti, ma si spiega: i cani non si prestano alla poesia come i gatti... Nel complesso, dirò, bisogna farsi la mano a tutti i tipi di poesia, seria e frivola, propria e impropria. Il mestiere va tenuto vivo.

È un mestiere di cui oggi si parla molto. Ci può dire qualcosa del suo metodo di lavoro? Per esempio, scrive a macchina?

In parte. Un bel po' di *The Elder Statesman* l'ho scritto a matita, il primo abbozzo, poi l'ho riscritto a macchina prima di farlo rivedere a mia moglie perché mentre batto faccio correzioni, alcune anche notevoli. Ma che scriva a macchina o meno, lavoro con regolarità, dalle dieci all'una. Ho scoperto che più di tre ore non serve. Al massimo ripulisco. Quando ho provato ad allungare le tre ore, non ho mai prodotto cose soddisfacenti. Meglio piantarla lì e fare qualcosa di molto diverso.

Questo è vero anche per i suoi versi non-teatrali, per esempio i Quattro Quartetti?

Solo per versi "occasionali". I *Quartetti* no. Il primo lo scrissi nel '35, ma i tre composti durante la guerra li scrivevo quando capitava il momento buono. Nel '39 se non ci fosse stata la guerra probabilmente avrei scritto un altro lavoro teatrale, e penso che fosse una fortuna che non ne avessi l'opportunità. Per me, l'unica cosa buona della guerra fu che mi impedì di dedicarmi di nuovo al teatro troppo presto. Sapevo già ciò che non andava in *Family Reunion*, ma fu lo stesso un bene che la guerra mi bloccasse per cinque anni.

Vogliamo parlare più dettagliatamente del suo teatro?
Ci dica qualcosa di The Elder Statesman.

Degli scopi che mi prefiggevo ho già parlato altre volte. Comunque non pensavo mai di riuscire in pieno. Il vero inizio fu con *The Family Reunion*, perché *Assassinio nella cattedrale* è un lavoro storico che fa storia a sé. Come sempre quando scriviamo di periodi storici, la lingua era diversa e non risolveva nessuno dei problemi che mi interessavano. Più tardi mi parve di aver prestato troppa attenzione alla poesia, in *The Family Reunion*, a scapito della struttura teatrale, e penso che resti il più poetico dei miei lavori. Diciamo che non è ben costruito.

Feci assai meglio in *The Cocktail Party* e in *The Confidential Clerk*. Non che il primo fosse del tutto riuscito in questo senso, la critica trovò che il terzo atto era piuttosto un epilogo. Allora feci in modo di rimediare nel lavoro seguente, che volli pieno di fatti nuovi, ma lo costruii talmente bene che a tutti parve una farsa. Volevo impadronirmi della tecnica teatrale tanto da non doverci pensare più. È bene non rispettare le regole solo quando ce ne siamo impadroniti. Spero tuttavia che *The Elder Statesman* contenga più poesia di *The Confidential Clerk*. Non credo di essere arrivato dove volevo arrivare; non ci arriverò mai; mi basterebbe avvicinarmici ogni volta di più.

In The Elder Statesman *è partito da un modello greco?*

Dietro c'è *Edipo a Colono*, ma non parlerei dei greci come miei modelli. Sono punti di partenza. In *The Family Reunion*, infatti, ci sono troppo le *Eumenidi*, ed è un difetto. Restando troppo fedele all'originale mescolai atteggiamenti pre e post-cristiani in merito a fatti della coscienza, al peccato e alla colpa. Nei tre lavori seguenti mi sono servito dei miti greci come trampolini di lancio.

Ritiene ancora valida la sua teoria del 1932 relativa agli elementi del dramma (trama, personaggio, dizione, ritmo e significato)?

Le mie teorie non mi interessano più di tanto, specialmente quelle che precedono il 1934. Da quando ho scritto di più per il teatro ho pensato meno alle teorie.

Che differenza c'è tra scrivere per il teatro e scrivere poesie?

Sono due cose molto diverse. Nel primo caso scrivi per il pubblico, nel secondo per te stesso — sebbene dopo, ovviamente, vorresti che avesse un significato anche per la gente. Inoltre, in una poesia usi la tua voce, che è importante, mentre scrivendo per il teatro destini le tue parole ad altre voci. Naturalmente i due elementi possono coincidere, il che è ideale. In Shakespeare ciò accade spesso. Io ci riesco in momenti insospettati.

Non ritiene che nei suoi lavori, comprese le poesie, si possa rilevare la tendenza a rivolgersi a una "platea" sempre più vasta?

Dirò due cose. La prima è che scrivere per il teatro mi ha portato a una maggiore semplicità nella stesura dei *Quartetti*, che sono più una conversazione con il lettore e che sono più facili da capire di *The Waste Land* e "Ash Wednesday"... L'altra è che c'entrano l'esperienza e la maturità. Con i primi versi si trattava di dire cose che non sapevo dire ancora bene. Un poeta è oscuro quando è ancora nella fase dell'apprendimento. Ma non c'è altro modo: quello o tacere... In *The Waste Land* non m'importava nemmeno di essere capito...

Pensa che i Quattro Quartetti *siano la sua opera migliore?*

Sì, e mi piace pensare che migliorano strada facendo: il secondo è superiore al primo, il terzo al secondo, e il quarto è il migliore in assoluto. È comunque così che mi piace lusingarmi.

Che consigli darebbe a un giovane aspirante poeta?

Nessuno. I consigli generali sono pericolosi.

Pensa che per un poeta sia augurabile poter vivere senza lavorare, poter solo leggere e scrivere?

No, penso che sia... No, possiamo parlare solo di noi stessi. Io sono quasi sicuro che se fossi stato ricco, se non avessi avuto la seccatura di dover lavorare e mi fossi potuto dedicare solo alla poesia, mi sarei inaridito.

Perché?

A me è stato utile dover lavorare in banca o in una casa editrice. Non aver troppo tempo a disposizione significa doversi concentrare di più. Nel mio caso il lavoro mi ha impedito di scrivere troppo.

Lei segue ciò che scrivono i giovani poeti inglesi e americani?

Non con rigore, no.

Parlando di Milton, lei disse una volta che la funzione della poesia è di contribuire allo sviluppo della lingua, ma anche di ritardarlo.

Sì, non sarebbe bene avere una rivoluzione ogni dieci anni.

Ma considerando l'abbandono dello sperimentalismo, non crede che vi sia stata una controrivoluzione più che l'esplorazione di nuove possibilità?

No, se mi guardo intorno non vedo niente che assomigli a una controrivoluzione. Dopo un periodo di allontanamento dalle forme tradizionali ne arriva uno in cui si è curiosi di sapere quali vie offrivano le forme appunto tradizionali.

La divulgazione di quello che lei una volta chiamò "l'inglese della Bbc", il linguaggio della comunicazione di massa, rende difficile il rapporto con la lingua parlata che persegue un poeta?

Questo è un problema importante. Laddove abbiamo mezzi di comunicazione, quindi il potere di imporre parlate e idiomi di piccole minoranze sulla grande massa, il problema diventa davvero complicato. Non so fino a che punto ciò valga per il cinema, ma per la radio è provato.

Pensa che la lingua comune potrebbe sparire?

È una prospettiva terrificante. E molto probabile.

Scrivere critiche le è stato di aiuto nel suo lavoro di poeta?

Indirettamente, sì; voglio dire esaminare criticamente i poeti che mi hanno influenzato e che ammiro, e la cui influenza mi diventa così più chiara. È stato un impulso naturale, infatti è probabile che i miei migliori saggi critici siano saggi su poeti che mi hanno influenzato, diciamo così, molto prima che pensassi di scrivere dei saggi su loro.

Perché ritiene che la sua poesia appartenga alla letteratura americana?

Perché ha più cose in comune con la poesia che scrivono i miei contemporanei in America di quante ne abbia con tutto quello che hanno scritto quelli della mia generazione in Inghilterra. Di questo sono sicuro.

Pensa che vi sia un legame con il passato americano?

Sì, ma non saprei definirlo meglio. Vede, la mia poesia non sarebbe ciò che è, non avrebbe i meriti che ha... Insomma, cercando di essere il più modesto possibile, diciamo che non avrei scritto ciò che ho scritto se fossi nato in Inghilterra, e che non lo avrei scritto nemmeno se fossi rimasto in America. È una combinazione di cose. Ma la fonte, la sorgente emotiva, viene dall'America.

Un'ultima cosa. Diciassette anni fa lei disse: "Nessun poeta onesto può essere mai certo del valore permanente di ciò che ha scritto. Può darsi che non abbia fatto altro che perdere tempo e aver sprecato la propria vita". La pensa ancora allo stesso modo, a settant'anni?

Ci possono essere poeti onesti che si sentono certi. Io non sono di quelli.

(a cura di Romano Giachetti)

Indice

Ultimi volumi pubblicati in
"Universale Economica" – I CLASSICI

Michail Bulgakov, *Cuore di cane - Uova fatali*. Traduzione e cura di
S. Prina

Nikolaj Gogol', *L'ispettore generale - Il matrimonio - I giocatori*. Traduzione e cura di S. Prina

Sun Tzu, *L'arte della guerra*. Traduzione e cura di M. Conti

Jane Austen, *Orgoglio e pregiudizio*. Introduzione di S. Poledrelli.
Traduzione di M. La Russa

Bram Stoker, *Dracula*. Traduzione e cura di L. Lunari

Mary Shelley, *Frankenstein* o il moderno Prometeo. Traduzione e
cura di G. Borroni

Federico De Roberto, *I Viceré*. A cura di L. Lunari

Giovanni Verga, *Storia di una capinera*. A cura di S. Rota Sperti. Con
un saggio di F. De Roberto

Arthur Conan Doyle, *Il mastino dei Baskerville*. Traduzione di C.
Ciccotti

Johann Wolfgang Goethe, *Le affinità elettive*. Introduzione di I.A.
Chiusano. Traduzione e cura di U. Gandini

Erasmo da Rotterdam, *Elogio della Follia*. A cura di M. Lacertosa.
Traduzione di S. Fiorini

Jane Austen, *Ragione e sentimento*. Introduzione di S. Poledrelli.
Traduzione di F. Severini

Oscar Wilde, *Il fantasma di Canterville* e altri racconti. Traduzione
e cura di S. Rota Sperti

Jack London, *Il Tallone di Ferro*. Prefazione di G. Fofi. Traduzione di C. Sallustro

Ivan A. Gončarov, *Oblomov*. Traduzione e cura di P. Nori

Walt Whitman, *Foglie d'erba*. La prima edizione del 1855. Traduzione e cura di A. Ceni. Testo originale a fronte

Fëdor Dostoevskij, *Il giocatore*. Traduzione e cura di S. Prina

Guy de Maupassant, *Bel-Ami*. Traduzione e cura di C. Bigliosi

Novalis, *Inni alla notte - Canti spirituali*. Traduzione e cura di S. Mati

Emily Brontë, *Cime tempestose*. Introduzione di F. Ieva. Traduzione di L. Noulian

H.P. Lovecraft, *Il dominatore delle tenebre*. Il meglio dei racconti.
Traduzione e cura di S. Altieri

William Shakespeare, *Tutto è bene quel che finisce bene*. Traduzione e cura di N. Fusini. Testo originale a fronte

Henry David Thoreau, *Walden*. Vita nel bosco. Con una introduzione di Wu Ming 2. A cura di S. Proietti

Alexandre Dumas, *Il conte di Montecristo*. Con una prefazione e un
dizionario dei personaggi di C. Schopp. Traduzione e cura di
G. Panfili

Jaroslav Hašek, *Il buon soldato Sc'vèik*. Traduzione di B. Meriggi e R. Poggioli. Illustrazioni di J. Lada. Nuova edizione in un unico volume

Lewis Carroll, *Alice nel paese delle meraviglie*. A cura di L. Lunari

Alexandre Dumas, *La signora delle camelie*. A cura di C. Bigliosi

Platone, *Fedro*. A cura di S. Mati. Testo originale a fronte

W.A. Mozart, *Lettere alla cugina*. Traduzione di C. Groff. Postfazione e note di Juliane Vogel. Testo originale a fronte

Lev Nikolaevič Tolstoj, *La morte di Ivan Il'ič*. A cura di P. Nori

Johann Wolfgang Goethe, *Faust e Urfaust*. A cura di G.V. Amoretti. Testo originale a fronte. Nuova edizione in un unico volume

Johann Wolfgang Goethe, *I dolori del giovane Werther*. A cura di P. Capriolo

Emily Dickinson, *Silenzi*. A cura di B. Lanati. Testo originale a fronte

Giovanni Verga, *I Malavoglia*. A cura di E. Ghidetti. Prefazione di E. Sanguineti

Italo Svevo, *La coscienza di Zeno*. A cura di C. Benussi. Prefazione di F. Marcoaldi

Jules Verne, *Il giro del mondo in ottanta giorni*. A cura di S. Valenti. Postfazione di D. Bidussa

Jack London, *Zanna Bianca*. A cura di D. Sapienza

Fëdor Dostoevskij, *I fratelli Karamazov*. A cura di S. Prina

Étienne de la Boétie, *Discorso della servitù volontaria*. A cura di E. Donaggio. Interventi di M. Benasayag e M. Abensour

Charlotte Brontë, *Jane Eyre*. A cura di S. Sacchini. Postfazione di R. Ceserani

Emily Dickinson, *Sillabe di seta*. A cura di B. Lanati. Testo originale a fronte

Catullo, *Carmina*. Il libro delle poesie. A cura di N. Gardini. Testo originale a fronte

William Shakespeare, *Cimbelino*. A cura di P. Boitani. Testo originale a fronte

Rudyard Kipling, *Il libro della giungla*. A cura di S. Rota Sperti

L. Frank Baum, *Il meraviglioso mago di Oz*. A cura di S. Sacchini. Postfazione di R. Bradbury

Irène Némirovsky, *Suite francese*. A cura di C. Bigliosi

Lev Nikolaevič Tolstoj, *Guerra e pace*. A cura di G. Pacini

Charles Dickens, *Oliver Twist*. A cura di B. Amato

Émile Zola, *Nanà*. A cura di D. Feroldi